著 進行諸島
Ill. 柴乃櫂人
5
異世界賢者の転生無双
〜ゲームの知識で異世界最強〜

「本当に、あらゆる武器を持ってきたんだな」
「そうしたわ。エルドにしか価値が見抜けない武器もあると思ったの」
最強賢者
エルド

英雄“炎槍”
ミーリア
マキシア商会
会長
ミーナ
精霊弓師
サチリス

「そろそろだな」
俺は自分の魔法の
威力に備えた。
ゲオルギス枢機卿は
すでに死刑宣告を受けている。

遅延詠唱で強化された
魔法が炸裂――
ゲオルギス枢機卿と
その軍勢を爆炎が
包み込んだ――!!

CONTENTS

The Invincible Sage in the second world.

The Invincible Sage in the second world.

異世界賢者の転生無双

［～ゲームの知識で異世界最強～］

著 進行諸島

Ill. 柴乃櫂人

5

第一章

The Invincible Sage in the second world.

01

（さて――派手にいくとするか）


ゲオルギス枢機卿《すうききょう》の悪事を暴《あば》くため、生《い》け贄《にえ》の儀式が行われる祭壇へと潜入した俺《おれ》は、厳重な警備網をくぐり抜けて儀式の撮影に成功した。

しかし――それと同時に警報が鳴り響き、俺がいる場所は照らし出された。

撮影用の魔道具は、はじめから警戒されていたという訳だ。

『魔力隠形《おんぎょう》』のおかげで俺の姿までは見えていないが――警報装置は俺のいる場所を示している。

もはや、見つかったといっても間違いではないだろう。

警報を受けて――敵は俺を捕《と》えるべく、慌ただしく動き始めた。

周囲にいる敵の数は、１００人以上。

俺はこの包囲網を、単身で抜け出さなければならない訳だ。

だが、俺は今の状況に全く絶望してなどいなかった。
むしろ、『やりやすい』とすら感じている。
今までおとなしく潜伏していたぶん、存分に暴れさせてもらおう。

「結界魔法、展開完了！」

敵はまず、俺に攻撃を仕掛けるより結界魔法の展開を優先したようだ。
結界魔法さえ展開すれば、破られない限り袋叩《ふくろだた》きにできるからな。

選択として、まず結界の展開というのは悪くない。
『魔力隠形』のせいで俺の姿は見えないので、直接攻撃は外れる可能性が高いからな。
だが、その選択は俺に反撃の時間を与えることになる。

結界魔法が発動してから攻撃魔法を放つことができるまでには、３秒ほどのタイムラグがある。
対人戦闘において、３秒という時間はあまりにも長い。

恐らく、数人を殺されるのは承知の上なのだろう。

俺が反撃で何人か殺したところで、この場にいる100人近い警備網の中では、ごく一部に過ぎないからな。

むしろ、俺が反撃に出れば居場所が分かりやすくなるので、100人で袋叩きにすればいい……程度の考えだろう。

万が一にでも俺を逃したくないという理由なら、こういう作戦を取る気持ちは分かる。

恐らく、撮影用の魔道具が使われたばあいはこういう対応を取るように、彼らは訓練を受けているのだろう。

誰《だれ》一人として命令違反に走らず、全員が結界の展開という決められた行動を取れているのは、彼らの練度の高さの現れだ。

だが——それは悪手だ。

（姿が見えないなら、闇雲《やみくも》にでも範囲魔法を打ち込むべきなんだよな。そうすれば、反撃の妨害くらいはできるんだが）

正直なところ、敵ははじめから攻撃を仕掛けてくるものだと思っていた。

そう思って、対策も準備していたのだ。

だが――それを使う手間がはぶけたな。


一度魔法を発動すれば『魔力隠形』は解ける。

だったら、一度の魔法で勝負を決めてしまえばいい。

そのために必要な魔法を、俺は持っている。


「スチーム・エクスプロージョン」


敵が攻撃魔法を発動するより先に、俺は魔法を唱えた。

次の瞬間――敵が密集していた祭壇付近で、爆炎が上がった。

轟音《ごうおん》とともに周囲の敵が吹き飛ばされ、生えていた木々も根本からへし折られて吹き飛んでいく。


魔法の発動と同時に『魔力隠形』は解け、俺の姿が敵の目に晒《さら》される。

だが——死ななかった敵は、見えるようになった俺を攻撃できるような状態ではなかった。

「腕が、腕があああぁ！」

「何が起きた！　これは一体——」

「今の爆発《ばくはつ》は……まさか魔法か⁉」

祭壇の近くにいた敵は、すでに当然即死。

少し離れた場所にいた敵も吹き飛ばされ、気絶するか重傷を負うか——いずれにせよ、反撃できる状態ではない。

そして、さらに離れた場所にいた敵——俺をギリギリ視認できる程度の距離にいた連中も、爆音によって平衡《へいこう》感覚を失っていた。

俺は爆発に備えて地面に伏せていたので、敵に比べればだいぶマシな状態だ。

爆風は直撃していないし、耳をふさいでいたおかげで爆音もまともに浴びてはいない。

それでもなお、平衡感覚に若干のダメージを感じる——『スチーム・エクスプロージョン』

を至近距離で発動するというのは、そういうことなのだ。

あれだけ整っていた命令系統も、こんな魔法を不意打ちで浴びて機能するはずがない。

指揮官は祭壇の近くにいたようだから、もう生きていないだろうしな。

もちろん、それも狙《ねら》ってやったのだが。

指揮官をはじめに潰《つぶ》すのは、対集団戦闘の基本だからな。

「こんな威力が、魔法で出せる訳がない！　儀式の暴走かもしれん！」

「結界魔法の発動が、悪霊の怒りを買ったのか……？」

連中は今の『スチーム・エクスプロージョン』を、生け贄の儀式の暴走だと勘違いしたようだ。

今のは普通の魔法――それも、大した強化魔法を付加した訳でもない魔法なのだが……まあ、そう勘違いするのも仕方がないか。

彼らが見慣れている魔法と、今の魔法が同じものだと思えないのも無理はない。

なにしろ今の『スチーム・エクスプロージョン』は、ＢＢＯの中ですら『反則級』と言われていた魔法だ。

一応デメリットもあることはあるのだが、威力面でこれに勝てる魔法はそう多くない。

それが『英知の石』によってレベル２に強化されると、こうなる訳だ。

「侵入者を、まずは侵入者を殺せ！　原因調査はそれからだ！」

「そうだ！　攻撃、攻撃を仕掛けろ！」

わずかに冷静さの残っていた彼らは、俺に向かって攻撃を放つが——爆音でふらつきながら撃った魔法などが、まともに当たるはずもない。

タイミングも合わせずにバラバラと撃たれた魔法のほとんどは、俺にかすりもしない軌道を飛んでいった。

人数はそれなりにいるので、一部は俺を巻き込むような軌道で飛んでくるが——。

「『マジック・ガード』『マジック・ヴェール』『ホーリー・ブレス』」

俺は敵の攻撃が着弾する前に、3つの魔法を唱えた。

一つは『マジック・ガード』。ごく普通の防御力強化魔法だ。

そして、次が賢者の『防御面の切り札』と呼ばれる魔法、『マジック・ヴェール』だ。


「当たった！」

「あれを受けて、生きていられるはずが――」


数発の魔法が当たったのを見て、敵が快哉《かいさい》を上げる。

俺の近くに炎系の攻撃魔法『ファイア・ボム』――命中した場所で爆発するタイプの魔法が当たった、爆炎のせいで状況が見えていないのだろう。

もし今の場所に当たったのが『スチーム・エクスプロージョン』であれば、俺も危なかったかもしれない。

だが、同じ爆発系の魔法でも連中が使ったのは『ファイア・ボム』――魔法使いの基本スキルの一つに過ぎない。

見た目はそれなりに派手だが、威力は文字通り桁《けた》が違う。

「馬鹿《ばか》な……無傷だと⁉」

「使い捨ての防御魔法の可能性がある！　継続して魔法を撃ち込め！」

敵はなおも俺に攻撃を仕掛けるが――やはりダメージはない。

『マジック・ヴェール』の前では、魔法使いの基本魔法などないも同然だった。

「な、何だあれは⁉　全く攻撃が効かない！　……何の化け物だアレは⁉」

「攻撃が効かない……まさか幻影か？　本体は別の場所に？」

「まずい、結界を張り直せ！」

敵はあまりの防御力を見て、俺の姿が幻影ではないかと勘違いしたようだ。

確かに、攻撃の影響を受けない幻影をおとりにして魔法を無駄撃ちさせるのは、一つの戦術だ。

しかし――敵が攻撃しているのは幻影ではない。

攻撃はちゃんと当たっている。

ただ、俺の体には効いていないだけだ。


それどころか、この『マジック・ヴェール』は、厳密にいえば防御魔法ですらない。

『魔法による身体の拡張』――そう呼ぶのが、恐らく正しいだろう。


通常の状況ならば、命中した攻撃は俺の体にダメージを与えることになる。

低威力な攻撃なら皮膚《ひふ》を傷つけるし、高威力な攻撃であれば皮膚を破壊した上で俺の血管や筋肉、内臓といった器官にダメージを与える訳だ。


そしてこの『マジック・ヴェール』は、皮膚の外側にもう1枚『魔力でできた薄皮』のようなものを追加する。

この『魔力の薄皮』は通常の皮膚と同じようにダメージを受けるが、皮膚と違って簡単には攻撃が貫通せず、しかも瞬時に再生する。

だから、皮膚や血管といった『元々の俺の体』には傷がつかないという訳だ。

『魔力の薄皮』は体の一部であって防御魔法ではないため、通常の『防御魔法破り』は効かない。

そして、見た目でも判断できない。

敵から見れば、攻撃が全く効いていないように見える訳だ。

（幻影だと勘違いして、攻撃をやめてくれると嬉《うれ》しいんだがな……）

困惑と絶望と恐怖の表情を浮かべる敵を見ながら、俺は心の中でそう呟《つぶや》く。

非常に強力な魔法である『マジック・ヴェール』だが、もちろん欠点もある。

それは、魔力の消費が多いことだ。

『マジック・ヴェール』が無敵に近い防御力を誇るのは、『魔力の薄皮』はいくら削られても再生し続けるからだ。

当然、再生に必要な魔力は俺が負担することになる。

簡単に言えば『身体へのダメージを、魔力へのダメージに変換している』ようなものだ。

だから、あまり魔法を浴び続けると魔力が切れることになる。

実際、俺の魔力はもうかなり削られているしな。

だが——。


(間に合ったみたいだな)


俺が反撃もせずに攻撃を受け続けていたのは、油断や戯《たわむ》れからではない。

『マジック・ヴェール』に続いて最後に唱えた魔法——『ホーリー・ブレス』の発動を待っていたのだ。


この『ホーリー・ブレス』は、祝福魔法の一種だ。

発動には少し時間がかかるため、時間をかせぐ必要があった。

それまで『マジック・ヴェール』に使う魔力がもつかは、少しだけ心配だったが——俺の魔力は、まだ1割ちょっと残っている。


今日の目的は果たした。

あとは俺が生きて帰ればいいだけ。

……楽勝だな。

「何だ？　祭壇が一瞬光ったような……」

「余所見《よそみ》をするな！　攻撃を続けるんだ！」

この魔法はさっきの2つの魔法のように、見た目で分かるような効果を発揮しない。
敵の一人は気が付いたようだが、それが重大な魔法だとは感じなかったようだ。
もちろん、俺は大量の魔力を削られてまで意味のない魔法を発動する訳がない。
今の魔法は、今後の状況に大きな変化をもたらすことになる。
むしろ、今の『ホーリー・ブレス』こそ最重要の魔法と言ってても過言ではないかもしれない。

「マジック・ウィング」

俺は攻撃魔法から逃れるように、飛行系の移動魔法を発動した。
逃走だ。

もうここに用はないからな。

ここにいる連中を殺したところで、大した効果がある訳ではないし。


「飛んだぞ！」

「追え！　逃がすな！」


たまたま『スチーム・エクスプロージョン』の範囲外にいたおかげで元気な連中が、逃げる俺を追いかけようとする。

だが、飛行魔法を人間の足で追いかけられる訳もない。

とはいえ、飛行魔法もそこまで便利ではない。

この『マジック・ウィング』はあくまで短距離移動用で、森を出る程度の距離すら稼げない魔法だ。

そうでなければ、今までだって使っていただろう。

祭壇周辺の最重要警戒区域を抜けたとはいっても、ここはまだ敵地。

普通に着地して走っていたのでは、あっという間に捕まってしまうことだろう。

そこで俺は、『マジック・ウィング』が切れる瞬間——一計を案じた。


「『ファントム・オーラ』『魔力隠形』」


俺は空中で、2つの魔法を唱えた。

『魔力隠形』は今まで使ったのと同じ魔法だ。

『ファントム・オーラ』は、自分の幻影を作り出す基本魔法だ。

基本魔法だけあって幻影の性能は低く、単純な動きしかできない上に微妙に透けており、近くで見ればすぐに分かるようなものでしかない。

だが、それで十分だった。

『マジック・ウィング』を失った俺が地面に落ちていく中、幻影は逆に高度を上げながら、俺がいるのとは違う方向へと進んでいく。

近くで見れば分かりやすい『ファントム・オーラ』も、距離があればバレないだろう。
そして本物の俺の姿は、『魔力隠形』によって隠されている。
落下中であっても、空中で姿勢を変えなければ『魔力隠形』は効果を発揮するからな。
そうして地面に降り立った俺は、魔法を使わずに走り始めた。
『風歩き』を使えば速いが、魔法探知などで見つかりやすくなる。

（どうやら、うまく騙《だま》せたみたいだな）

敵の攻撃魔法が『ファントム・オーラ』を追撃しているのを見て、俺は作戦の成功を確認する。
あとは警戒網を抜けて、メイギス伯爵領まで帰ればいいという訳だ。

第二章

The Invincible Sage in the second world.

02

それから30分ほど後。

俺《おれ》は森の中を、ゲオルギス枢機卿《すうききょう》領から離れるように走っていた。

（できれば、街の中などに紛《まぎ》れ込《こ》みたいところだったんだがな……）

人気《ひとけ》のない森の中は安全そうに見えて、実は最悪の立ち位置だ。

なにしろ、探知魔法を使えば1発で『不自然な場所に人がいる』というのが分かってしまうのだから。

その点、都市などに紛れ込んだ俺を見つけるのはそう簡単ではない。

人間の魔力反応に大した個人差はないので、人間まで特定しようと思えば高度な魔法が必要だ。

敵の側にそういった魔法を使える奴《やつ》がいるかは分からないが――祭壇の警備に使われてい

た人材のレベルを考えると、街の中に隠れれば魔法的には安全だろう。

だが、祭壇襲撃の情報が街に伝わっているとすれば、街に紛れ込む瞬間は最も危険だ。

街に入るためのルートは恐らく、かなり厳重な警備が敷かれていることだろう。

さらに街から出る時にも警備網を突破する必要がある——と考えると、街に入るのもリスクが大きすぎる。


だとしたら、領地の境界を直接突っ切ってしまったほうが安全だ。

いくらゲオルギス枢機卿でも、膨大《ぼうだい》な長さを持つ領地の境界全《すべ》てを警戒できるとは思えないからな。


だから俺は、街を経由せずにまっすぐゲオルギス枢機卿領を抜けるルートを選択した。

……それはつまり、領地を抜けるまで気が抜けないということだが。

『マジック・サーチ』を使えれば楽なのだが、魔法自体が探知される可能性を考えると、そういう訳にもいかないしな。


（とはいっても……襲撃地点からこれだけ離れれば安全か？）

走りつつ俺は、そんなことを考える。
だが——俺の警戒は正しかった。

「パラライズ」

森の中から、老人のようなガラガラ声が聞こえた。
それとほぼ同時に、俺の体にわずかな衝撃が走る。
俺に向かって放たれたのは、低位の麻痺《まひ》魔法だ。
『マジック・ヴェール』が残っていた俺は、あっさりとその魔法を弾いた。
だが、俺は驚いていた。

(なに……?)

別に不意打ちに驚いた訳ではない。
追跡されていたことに驚いた訳でもない。

驚いたのは、その魔法の種類にだ。

――『パラライズ』。

敵を麻痺《まひ》させる、賢者の基本魔法だ。

『魔法使い』ではなく――『賢者』の。

「祭壇が襲撃されたと聞いて飛んできたのだが……まさか、一人でここまで逃げ延びるとはな」

森から顔を出したのは、見覚えのある顔だった。

直接見たことがある訳ではない。

だが、肖像画では何度も見たことのある顔だ。

「――ゲオルギス枢機卿？」

「ほう。私を知っているのか」

俺の言葉に、枢機卿はこともなげに答えた。

どうやら、別人のふりをする気はないようだ。

「いかにも。私がゲオルギス——この領地の主にして最大戦力だ」

まさか……ＢＢＯの上位職に『下位職』などと名をつけ、迫害してきたゲオルギス枢機卿が『賢者』だったとは。

今まで俺達は、下位職の迫害の理由がレベルアップの遅さと、情報の少なさによるものだと思っていた。

無知ゆえに、下位職は迫害されてきたのではないかと考えていたのだ。

だが、迫害の張本人が『賢者』となると話が変わってくる。

下位職の迫害には、何か意図があったと考えざるを得ない。

しかし——それを聞いたところで、枢機卿は正直に答えてくれたりしないだろう。

俺が今やるべきことは変わっていない。

「最大戦力にしては、しょぼい魔法みたいだな」

俺はそう言って、体が動くことをアピールする。
普通なら、体が動かないふりをしながら不意打ちを狙《ねら》うべき状況だ。
それを分かっていて、俺は油断をしたふりをした。

「む？　あれを食らって動けるとは――さすがは『賢者』といったところか」

「ああ。耐性には少々自信が――デッドリーペイン」

俺は雑談に混ぜて、魔法を詠唱した。
いきなり魔法を発動するのは、警戒されやすいからな。
会話の途中で唐突に詠唱することで、警戒のタイミングをずらした訳だ。

だが、効果はなかった。
どうやら、何らかの防御魔法を使っているようだ。

『デッドリーペイン』の欠点の一つはこれだ。

効果さえ発揮できれば対人戦では最凶ともいえる魔法なのだが、防御魔法に弾かれやすい。

状態異常魔法というのは、元々そういうものなのだ。

「そのような魔法が、賢者に効くとでも思っているのか？」

ゲオルギス枢機卿はそう言って笑みを浮かべた。

もちろん、俺だって『効かないだろう』と思いつつ撃った魔法なのだが。

（これなら、多分勝てるな）

俺は枢機卿の言葉を受け流しつつ、敵の戦力を分析する。

その結果は……『枢機卿は、賢者の戦い方を分かっていない』というものだった。

もし枢機卿が『本当の意味で、賢者の戦い方を分かっている奴』だったとしたら、俺はとっくに死んでいる。

というか、俺が今こうして話せていること自体、枢機卿の戦い方が下手だった証拠だ。
対人戦を分かった賢者であれば、絶対に不意打ちの初手で『パラライズ』を使ったりはしない。

恐らく枢機卿の『レベル』――体の魔法的な性能は、俺と大して変わらないだろう。
レベルを上げ始めてから日の浅い俺より、枢機卿のほうが少し強いくらいかもしれない。
そして、魔力量には大きな差がある。

俺の残り魔力は、およそ1割。
敵の残り魔力は、ほぼ満タンのはずだ。

しかし――今の状況で真正面からぶつかれば、9割は俺が勝つだろう。
対人戦において、知識や経験はそれほどの差を生むのだ。

「来ないのかね？　……君は、私を殺しに来たのだろう？」

動かない俺を見て、枢機卿はそう尋ねた。

これは誘いだ。
賢者には、カウンター系の魔法がいくつもある。
恐らく、その中の一つを使うつもりだろう。

さて、どう出てくるだろうか。
そう考えつつ俺は、1歩前へと踏み込んだ。

それに対して、枢機卿は1歩下がりながら杖《つえ》を掲げる。
俺は枢機卿の動きを見て——魔法を使わず、後ろに飛び退いた。

「……何のつもりだ？」

魔法を使わなかった俺を見て、枢機卿は疑問の声を上げた。
恐らく、俺の意図を摑《つか》みかねているのだろう。
俺は親切にも、枢機卿の疑問に答えてやる。

「悪いが、いったん引かせてもらう。ここで殺さなくても、俺の勝ちはもう決まったからな」


正直なところ……今の動きで、枢機卿が取ろうとしている戦術は摑めた。

最善手とは決して言えない、お粗末な戦術だ。

あのままぶつかれば、90％くらいの勝率はあっただろう。


だが……この程度の相手に『90％の勝率』では、正直なところ割に合わない。

勝率90％ということは、10％は負ける訳だからな。

流石《さすが》に今の魔力量では『絶対に勝てる』とは言い切れない訳だ。


ゲオルギス枢機卿の敗北は、すでに確定事項だ。

だというのに、なぜわざわざ今戦って負けるリスクを10％も背負わなければならないのか。

まったくもって、割に合わない。


魔力を回復した状態で枢機卿を殺す機会は、間違いなくすぐに来る。

その時まで、枢機卿を殺すのはお預けにしておこう。

……枢機卿にとっては、今この場で死んだほうが幸せかもしれないけどな。

生きていたところで、没落の苦しみ以外は何も味わえないのだから。

「今の状況から逃げられるとでも？　……私も随分と舐《な》められたものだな」

「舐めてなんかいない。正確な状況判断だと言ってもらおうか」

そう言葉を交わして、俺達は杖を構え——同時に魔法を発動した。

「『スティッキー・ボム』」

「『フレイム・サークル』」

枢機卿が使ったのが『スティッキー・ボム』。

俺は『フレイム・サークル』だ。

『スティッキー・ボム』が俺の足元で発動し、俺の足は地面に接着された。

攻撃魔法ではなく『スティッキー・ボム』なのは、俺を逃さないという意思の現れだろう。

そして――俺が発動した『フレイム・サークル』も、俺の足元で発動した。

魔法が効果を発揮すると同時に、俺は炎に包まれる。

その様子を見て、枢機卿は困惑の声を上げた。


「……自滅か？」


『フレイム・サークル』を防ごうとしなかったあたり、恐らく枢機卿には俺が攻撃魔法を使った時の備えがあったのだろう。

だが、そんなことはお見通しだ。

俺の目的はさっきと変わっていない。

確実に逃げるために、俺はこの魔法を使ったのだ。

炎に閉ざされる視界の中――俺は、切り札となる魔法を唱えた。

「――『座標転移』」

◆第三章 03

The Invincible Sage in the second world.

◇（ゲオルギス枢機卿《すうききょう》視点）

「……何が起きた？」

ゲオルギス枢機卿は、困惑していた。

敵――祭壇を破壊した侵入者が、『フレイム・サークル』を使い、自分自身を巻き込んだことに対してではない。

炎に巻かれた男が『座標転移』なる魔法を発動し、姿を消したからだ。

『フレイム・サークル』の炎が消えた後、そこには誰《だれ》の姿もなかった。

侵入者を地面に縛《しば》り付けていた、確かに命中したはずの『スティッキー・ボム』すらも、そこには残っていなかった。

もちろん『フレイム・サークル』に、人間を跡形もなく焼き尽くすような火力はない。

だが、侵入者は確かにその場から消えていた。


「『座標転移』……だと？」


状況からして、侵入者が唱えたのは魔法だろう。

彼は『賢者』だ。魔法を使えること自体に疑問はない。

敵として『賢者』が現れたこと自体、にわかには信じられないことであるが……それはひとまずいいとしよう。

だが、それにしても『座標転移』などという魔法名は聞いたことがない。


「私が知らない魔法？　……いや、そんなものがある訳がない」


ゲオルギス枢機卿は通常職から下位職に至るまで、この世界に存在する全《すべ》ての魔法を知っている。

今まではそう思っていたし、その考えは今も変わっていない。

だとしたら……『座標転移』とは一体何なのか。

最も自然なのは、そんな魔法は存在しないという可能性だろう。

だが、そうだとすれば……あの男はなぜ消えたのか。


「もしや、隠蔽《いんぺい》魔法か？」


賢者の魔法にはいくつか、使用者の姿を隠す魔法がある。

それを無詠唱で発動すれば、姿が消えたように見せることはできるだろう。

わざと存在しない魔法名を唱えることで、単純な隠蔽魔法をまるで転移魔法のように見せかけられるという訳だ。

そうだと考えれば、侵入者が最初から『座標転移』を唱えなかったのにも納得がいく。

隠蔽魔法ができることは、自分の姿を消すことだけ。

どんな隠蔽魔法を使おうとも、地面についた『スティッキー・ボム』まで外すことはできないし、その場から逃げられないという事実も変わらない。

だからこそ侵入者は、自分を巻き込むように『フレイム・サークル』を使うことで『スティッキー・ボム』を燃やし、その場から逃げることを可能にしたのだ。

「ならば……スモール・エクスプロージョン」

ゲオルギス枢機卿はさっきまで男がいた場所に向かって、爆発系《ばくはつけい》の炎魔法を唱えた。

今警戒すべきは隠蔽魔法——特に『魔力隠形《おんぎょう》』だ。

あの魔法を使われると、見つけるのは非常に困難になる。

だが、『魔力隠形』は高い隠蔽能力と引き換えに、非常にゆっくりとした動作を要求される。

普通に歩いたりしたら、あっという間に隠蔽が解けて姿を晒《さら》すことになるからだ。

ゆえに、もし侵入者が『魔力隠形』を使ったとしたら——見えずとも、侵入者はこのあたりにいるはずだ。

轟音《ごうおん》とともに、男がいた場所で爆炎が湧《わ》き起こる。

枢機卿は、その様子に目を凝らした。

直撃するとは思っていない。

それでも、爆風の出方などを見れば……もし近くに誰かが隠れていた場合、爆風が不自然な吹き方になるはずだ。

それを見逃さないように、枢機卿は懸命に爆風に目を凝らす。

しかし——見つからない。
それを見て、枢機卿は笑みを浮かべた。

「なるほど。……『マジック・サーチ』」


爆発魔法で敵が見つからないのは、最初から想定していたことだった。

だとしたら……敵が使った隠蔽魔法は『姿隠し』に違いない。

『姿隠し』は普通に動ける代わりに、魔力を隠さない。

だから『マジックサーチ』を発動すればすぐに見つけられる。


そのはずだった。

「な……なぜだ？」

周囲に、人間の魔力反応はなかった。

それどころか、動物の魔力反応すら周辺にはない。

「あり得ない……」

何が起こったのか、理解が追いつかない。

侵入者が使ったのが隠蔽魔法だとすれば、この魔法の組み合わせで見つけられない訳がないのだ。

「まさか、本当に転移魔法が？」

先程聞いた魔法名――『座標転移』という名前をそのまま解釈するとすれば、侵入者が使ったのは転移魔法だということになる。

だが転移魔法というものは伝説上の存在であって、実在はしないはずだ。

仮に実在したとして、人間に使えるような魔法ではないはず。

「いや、可能性はあるか……」

考えてみれば、枢機卿が知らない魔法が存在する可能性はある。
なにしろ『賢者』というのは、自分以外には『組織』の人間の一部しか存在を知らないはずの職業なのだ。
全容が明らかになっていないとしても、不思議ではない。

確かめる方法はある。
というか、これ以上ないくらい簡単に確かめられる。

「本当にそんな魔法があるなら、私にも使えるはずだ」

魔法というものは、スキルの一種だ。
そしてスキルは、経験の蓄積と同時に自動で習得される。
同じだけの経験を蓄積していれば、『ある魔法が誰かには使えて、誰かには使えない』ということはないのだ。
スキルは平等にできている。
そして、決められた呪文《じゅもん》を唱えることで発動できる。
これは『組織』の人体実験により確かめられたことなので、間違っているはずもない。
つまり、あの若造が使える魔法であれば、枢機卿にも使えるという訳だ。

「『座標転移』」

枢機卿は、侵入者が使っていたのと同じ魔法を唱える。
結果は——何も起きなかった。

「『スチーム・エクスプロージョン』」

枢機卿は、もう一つ魔法を唱えた。
あの侵入者が使っていたと、壊滅寸前の被害を受けた警備班から報告された魔法だ。

だが、これも何も起きない。

「……やはりハッタリか？」


これで発動しないとなると、可能性は2つ。

一つは、やはり侵入者が使っていたのがハッタリだという可能性。

もう一つは、侵入者の経験が枢機卿を上回っており、枢機卿が習得していない魔法を使えたという可能性。


だが、後者は流石《さすが》にあり得ないだろう。

あの侵入者は、どう見てもただの青年だった。

今までに何十年も経験を積んできた枢機卿に、経験の量で勝てる訳がない。

だが……ハッタリだとしたら、侵入者の姿が消えたのはどういう理由だろうか。

そこまで考えて、枢機卿は本当の理由に思い当たった。


「まさかとは思うが……あれは最初から幻影だったのか」

麻痺《まひ》魔法が効かず、炎に巻き込まれても燃えず、そして跡形もなく消滅する。

確かに幻影なら、この条件を簡単に満たすことができる。

自分が不意打ちを仕掛けた相手が幻影だったとすれば、先程の不可解な現象にも完璧《かんぺき》に説明がつくという訳だ。


枢機卿が知っている中に、幻影はいくつか存在する。

賢者による幻影魔法ならすぐに分かるので、おそらくは別の職業のスキルによる幻影だろう。

あらかじめ森の中に、幻影に長《た》けた協力者がスタンバイしていた……そう考えれば、騙《だま》された理由にも納得がいく。


しかし……自分は一体いつから幻影に騙されていたというのか。

そう考え込みながら、枢機卿は呟《つぶや》いた。

「あの侵入者……危険すぎるな」

侵入者の正体には、見当がついている。

メイギス伯爵に協力している、エルドという冒険者だ。

彼は彼で、謎《なぞ》の多い人物だった。

そもそも相手が普通の冒険者であれば、ゲオルギス枢機卿が見るような資料に顔が出るわけもない。それどころか、名前すら出ないだろう。

実際、ゲオルギス枢機卿が『メイギス伯爵領にいる』と知っている冒険者は、エルドを除けば二つ名持ち『炎槍《えんそう》』のミーリアだけだ。

そんな枢機卿がエルドの顔を知っていたのは……その実績があまりにも異常だったからだ。

彼がノービスとして特筆すべき——というか、ノービスでなくても新人としては絶対にあり得ない成果を上げているという噂《うわさ》は以前から聞いていた。

あまりに強すぎるので、実は職業を隠しているのではないかという話も持ち上がった。

だが、その段階では『ノービスにしては』強いという程度だった。

二つ名持ちになるような冒険者であれば、新人の頃に異常な成績を上げたという話は珍しくもない。

「あの噂、まさか本当だったのか……？」

ゲオルギス枢機卿が見る資料にエルドの顔が出たのは、最近のことだった。

近年のエルドの活躍の噂は、『エンペラーオーガの単独討伐《とうばつ》』だの『シーサーペントの攻撃を剣で弾《はじ》いた』だのといった……もし全て本当だとすれば、エルドという人物が本当に『人間』と呼んでいいのかすら怪しくなるものばかりだ。

ひどいものになると、『壊天の雷竜を倒したのは、本当はエルドだ』なんて話もある。

だが、彼が賢者だとすれば……噂が本当である可能性も、存在しないとはいえない。

エンペラーオーガの単独討伐は流石に無理だろうが、防御魔法を重ねがけすれば……シーサーペントの攻撃くらいなら、何とかなるかもしれない。

そんな真似《まね》ができるとすれば、エルドという冒険者はゲオルギスと同等か、それ以上の力を持った賢者だということになるが。

「……生かしておくのはまずそうだな」

先程の幻影は消える前に『俺《おれ》の勝ちは決まった』などとほざいていた。

あれはまず間違いなく、枢機卿を混乱させて時間をかせぐためのハッタリだろう。

馬鹿《ばか》げた噂を全て信用するつもりもない。

エルドに関する噂も、9割方は嘘《うそ》に決まっている。

いくら賢者だからといって、『壊天《かいてん》の雷龍《らいりゅう》』を倒したなどという荒唐無稽《こうとうむけい》な噂を信用するほど、ゲオルギス枢機卿は馬鹿ではない。

だが……噂がたとえ全て嘘だとしても、彼が危険であることに変わりはない。

ゲオルギス枢機卿領の最重要警戒区域——あの祭壇に侵入して逃げおおせる時点で、十分すぎるほど危険だ。

襲撃に関する報告は、すでに受けている。

祭壇自体は無事だったが、儀式の証拠を押さえられたのはまずかった。

もちろん証拠があがったとしても、持てる政治力や金の力を駆使すれば切り抜けられるはずだ。

かなりの痛手ではあるが、即死級という訳ではないのだ。

だが、上手《うま》く切り抜けたとして……『枢機卿が、人間を使った儀式をやっているのではないか』という疑惑までは消せない。

そうなれば新規の『悪霊の餌《えさ》』――生きた人間の調達数は減らさざるを得なくなる。

計画にとって、大きな障害だ。

「絶対に……絶対に殺してやる」

エルドの幻影があった場所を踏みつけながら、枢機卿はそう呟いた。

◇（エルド視点）

（……どうやら、うまく切り抜けられたみたいだな）

ゲオルギス枢機卿との戦いから、およそ半日後。

『座標転移』を唱え、枢機卿の目の前から逃げおおせた俺は――石の中にいた。

とはいっても、別に転移魔法に失敗して地面に埋まったという訳ではない。

そもそも最初から『座標転移』などという魔法は存在しないのだ。


「『アース・ハイド』解除」


俺がそう呟くと、周囲の地面が動き――俺は地上へと運ばれた。

周囲には、誰の姿も見当たらない。


ここは森の中――ゲオルギス枢機卿と戦った場所だ。

実のところ、俺は逃げることに成功してなどいない。

ただ『アース・ハイド』――地下1メートルほどの位置に埋まる魔法を使って、地面に隠れていただけだ。


とはいえ、もし戦闘のあった場所を厳重に警戒されていたら、俺はもう一度警戒網を突破する必要があった。

ここに警戒網を展開されなかったのは、使った魔法を転移だと思い込ませる作戦が成功したということだろう。

もしかしたら幻影魔法あたりと勘違いされたかもしれないが……いずれにしろ、結果は同じことだ。

そんなことを考えつつ俺は、メイギス伯爵領へ帰る道を走り始めた。

襲撃から半日以上が経《た》ったので、そろそろ警戒にあたっている人間も疲れ始める頃だ。

一方俺は地面の中で寝ていたため、体力も魔力も回復している。

もしゲオルギス枢機卿やその手先に出会ったところで、負ける理由はない。

（完全勝利、といったところか）

ゲオルギス枢機卿自身を殺すところまではいかなかったが……それも予定通りだ。

枢機卿には、まだ生きていてもらったほうがいい。

この戦いの結果は、すでに決まっているのだから。

第四章

04

The Invincible Sage in the second world.

「さて、一応ひとつだけ確認しておくか」

ゲオルギス枢機卿《すうききょう》を倒すまでの筋書きは、すでにほぼ決まっている。

だが、それを乱す可能性がある要素が一つだけ残っている。

『血の石』

ブラドンナ草を生やす儀式で得られる、特殊な魔法素材だ。

連中があれを使ったところで、俺《おれ》達とゲオルギス枢機卿の戦いの勝敗は変わらないだろうが……死者の数は格段に増える可能性がある。

戦いが終わった後のことを考えると、それは避けたいところだ。

という訳で、俺は『血の石』が使われている場所を偵察《ていさつ》しに行くことにした。

場所はすでに特定できている。

魔力が特徴的なので、魔法による探知は簡単だ。

ゲオルギス枢機卿に見つからないよう細心《さいしん》の注意を払いながら、俺は血の石の元へと向かう。

血の石はどうやら大量にまとめて置かれているようで、その魔力反応はかなり大きい。

彼らが使い道を分かった上で血の石を集めているとしたら……それはかなり危険だ。

「見つからないといいんだが……」

儀式の場所が襲撃されたことで、ゲオルギス枢機卿は警備体制を強めていることだろう。

もし見つかれば、すぐにでも枢機卿本人が出てくる可能性がある。

せっかく撒《ま》いたのに、また戦いなおしという訳だ。

あの時と違って、俺の魔力はほとんど回復している。

もしゲオルギス枢機卿が出てきたところで、10秒とかからずに殺せるだろう。

だが、それはできれば避けたい。

ゲオルギス枢機卿は『侵入者に殺された哀れな犠牲者』ではなく、『大罪を犯した極悪人《ごくあくにん》』

として死ななければならないのだ。

それも俺ではなく、メイギス伯爵に負けるような形が望ましい。

それまでの間、彼には生きてもらわなくてはならない訳だ。


という訳で……もし見つかった場合には『追い詰められて逃げた』ような演技をすることになるが……それも見抜かれる可能性がある。

戦術を考えるのは得意だが、演技は専門ではないからな。

いずれにしろ、出会ってしまうと面倒なので、できればバレたくないところだ。


今はまだ、俺が枢機卿より強いと知られるべきではない。

彼が俺のことを舐《な》めてくれているほうが、今後の動きをコントロールしやすいからな。


(警備がゆるいな……)


警備員の様子を見ながら俺は、心のなかでそう呟《つぶや》く。

もうすでに、血の石が置かれているであろう倉庫の場所は目視で確認できる。

だが……その周囲にいる警備員は、たったの2名だ。

血の石の儀式が行われた森は、昼間であっても厳重に警備されていた。

だが血の石が今置かれている場所の付近には、申し訳程度の警備員がいるだけだ。

（恐らく連中は、血の石の使い方を知らないな）

もし血の石の価値を分かっていれば、絶対にこんな警備体制の中に置くことはない。

恐らく連中は、血の石を『ブラドンナ草の副産物』くらいに思っているのだろう。

そんなことを考えながら倉庫を見ていると、遠くから2人の兵士が近付いてきた。

俺は『魔力隠形《おんぎょう》』を維持しつつ、その様子を見守る。

「こんなもん、本当に使えんのか？　制御できねえだろ」

「枢機卿閣下も、あんまり期待してない感じだったな。まあ放っておくのももったいないし、試しに使ってみろって感じじゃないか」

「……実験に使う奴隷だって、もったいないと思うんだけどな」

「同意見だ。まあ、俺達は上に言われた通りやるだけだ」

そんな会話をしつつ二人の兵士は、血の石をいくつか運び出した。
どうやら、血の石を使って実験が行われているようだな。
まずはそれを見てみるとするか。

◇

それから少し後。
俺は『血の石』を持った兵士たちの後をつけて、野外訓練場へと来ていた。
そこには奴隷の男が一人、足かせによって縛《しば》り付けられている。

「い、石。石……」

「やるよ。やるから黙れ」

そう言って兵士が、血の石を男に投げつけた。

「石だ！」

男はそう言って『血の石』に飛びつき──一息に飲み込んだ。
あのサイズの石を丸呑《まるの》みにするのはかなり苦しいはずだが、男はおかまいなしだ。
歓喜の表情すら浮かべつつ、男は石を飲み干す。

次の瞬間──奴隷の体に異変が起こった。
筋肉が膨れ上がり、血管が浮き出て、目は血走り始める。
まるで何かのドーピング……いや、これはドーピングそのものだ。
未精製の血の石は一種の薬物としての効果もある。
彼が石を求めたのも、彼の瞳《ひとみ》に意思が宿っていないのも、恐らくその依存症だろう。

「いつ見ても気味が悪いな……」

「ああ。こんな奴《やつ》らと一緒に戦うなんてまっぴらだぜ」

「全くだ。とはいっても、言われた実験はしなきゃならないか」

そう言って兵士達は、男の目の前に的を設置する。

そして血の石を持って、男に告げる。

「撃て」

「……お？」

奴隷の男は兵士の言葉を聞いて、首をかしげた。

そして意思の薄い瞳で兵士を見つめ、問い返す。

「な、なんで……？」

「この野郎……」

兵士は苛立《いらだ》った様子で剣を抜こうとするが、奴隷の男の異常な筋肉を見て、途中で剣を引っ込めた。

もし近付けば、返《かえ》り討《う》ちにあう可能性があるということだろう。

動きの雰囲気を見る限り、兵士たちの練度はかなり高い。

恐らくかなり長い期間、訓練を積んできたのだろう。

王都にいた兵士たちと比べても、その実力は高いように見える。

そんな兵士でも、『血の石』で強化された男は怖いようだ。

力が強いだけで技術のない奴など、魔物と大して変わらない。

戦い方さえ知っていれば、恐れる必要はないんだけどな。

「おい、いいから撃て。的を撃てば石をやる」

どうやら兵士たちは、もので釣ることにしたようだ。

これには効果があったようで、呆然《ぼうぜん》とした様子だった瞳に、わずかに意思が宿る。

「あ？　ああ……うつ、うつ……」

そう言って男は弓を構えるようなポーズを取り始めた。

だがその手に弓など持たれていない。

彼はそのことに気付いていないかのように、存在しない矢を放ち続ける。

「ダメだ、完全にぶっ壊れてやがる」

「これだから使い物にならないって言ってるんだよ。使い物になるとしても、せいぜい1個めを投与した後の5分くらいか」

「ああ。……この奴隷、死んじまう前に儀式の材料にでもしたほうがいいんじゃないか？」

やはり奴隷の男が『血の石』を飲んだのは、これが初めてではないようだな。

彼の心は、とっくの昔に壊れた後という訳だろう。

ゲオルギス枢機卿領に運び込まれたということは、この奴隷も元々は凶悪犯罪者なのだろうが……それでも少し同情してしまうな。

「おい、矢じゃない！　魔法を、『ファイア・アロー』を撃つんだ！」

「あ、ああ……『ファイア・アロー』……」

兵士の罵声《ばせい》を聞いて、ようやく奴隷は自分のすべきことを理解したようだ。

彼が呆然とした様子で魔法を唱えると、その手のひらから炎の矢が放たれる。

だが矢は的を逸《そ》れ、あさっての方向へと飛んでいった。

そして、地面に着弾して爆発《ばくはつ》を起こした。

「ちゃんと狙《ねら》え」

「当たるまで、石はやらんぞ！」

「わ、分かった！　当てる！」

そう言って男は、闇雲《やみくも》に魔法を連射する。
だが魔法は一度たりとも、的には当たらなかった。

「威力は上がってるな」

「でも、このコントロールじゃ使い物にならないだろ」

的は小さい訳でもなく、距離が遠い訳でもない。
たとえ初心者でも、外すのが難しいくらいだ。
この的に魔法を当てられないということは、それだけコントロール力が致命的だということだ。

（無駄な使い方をしているな……）

予想通りではあるが、連中は『血の石』の使い方を知らなかったようだ。
警備が緩《ゆる》いのも、ゲオルギス枢機卿たちが『血の石』の価値を分かっていないからだろう。

ちゃんと精製してから使うと、『血の石』はかなりの効果を発揮するのだが。

この様子を見る限り、対策を取る必要はなさそうだ。

だが、『絶望の箱庭』あたりの入れ知恵で連中が使い方を知ってしまうと、厄介《やっかい》なことになる可能性があるか。

という訳で、軽く妨害だけ入れておくことにする。

◇

「遅効精製」

実験場を離れて倉庫へ忍び込んだ俺は、無造作に樽《たる》詰めされた血の石に『遅効精製』という魔法をかけた。

『血の石』のような素材を精製する魔法には2種類ある。

1つは速攻精製と呼ばれる、すぐに精製を完了する魔法。

これは使える職業が限られる上に、上位スキルなのでスキルポイントを消費する。

俺が今使ったのは、そうではない精製魔法だ。

この魔法は、効果を発揮するのにとても時間がかかる。

対象の量や質にもよるが、この『血の石』が相手だと恐らく……精製が完了するまでに3ヶ月といったところか。


この効果の遅さは通常ならデメリットだが、今はメリットだ。

3ヶ月が経過するまでの間、この『血の石』は効果を発揮しなくなる。

それでいて見た目は変わらないので、俺が細工をしたとバレる可能性も低い。


妨害魔法を使うと、逆にバレやすいからな。

今の状況では、この精錬魔法のほうが効果的だという訳だ。


問題は3ヶ月すれば精製が終わり、連中がより効果を増した『血の石』を手に入れてしまうことだが……これは実のところ、問題はない。

3ヶ月も経《た》つ頃には、ゲオルギス枢機卿領は存在していないはずだからな。

枢機卿が敗北した後の領地がどうなるのかは分からないが……場合によっては裏から手を回して、精製の終わった『血の石』を手に入れるのもありかもしれない。

そんなことを考えつつ俺は、ゲオルギス枢機卿の領地を後にした。

どうやら、枢機卿に見つかることもなかったようだ。

◇

「エルドさん……生きていらしたんですね！　急にいなくなられたので、何があったのかと……」

無事に伯爵領へと戻った俺が商会に行くと、店員はそう言って目に涙を浮かべた。

俺がゲオルギス枢機卿領に潜入することを知っているのは、メイギス商会でもごく一部の幹部だけだ。

急に俺が消えたら、騒ぎになるかもしれないとは思っていたが——この様子を見る限り、死亡説まで流れていたようだな。

「心配をかけたな。……伯爵に、俺が戻ったと伝えてくれるか？」

「は、はい！」

そう言って店員が、商会の奥へと入っていった。

数分して戻ってきた店員は、重厚な鍵《かぎ》を手に持っていた。

「伯爵様は、奥でお待ちです」

「分かった」

そう言って俺は、店員についていく。

店員が扉を開けると――メイギス伯爵とマイアー侯爵が並んで、俺の戻りを出迎えた。

「本当に帰ってきてくれるとはな。……顔を見れば分かる。作戦は成功だろう？」

マイアー侯爵がそう言って、俺に向かって笑みを浮かべる。

貴族だけあって、人の表情を見抜くのは得意なようだな。

「よく戻ってくれた。エルドのことだから、私は心配していなかったが……」


メイギス伯爵は、俺の実力を信じていたようだ。

その割には、随分と引き止められた気がしたが……。

そう考えていると、マイアー侯爵が横から口を挟んだ。


「ふむ……30分おきに教会へ祈りに行って、仕事をしろと部下に怒られていたのは誰《だれ》だったかな？」

「あの、できればそれは言わないでいただけると……」


前言撤回。

どうやら俺の実力は、あまり信じられてはいなかったようだ。

30分おきに祈りに行くって……それ、もうほとんど仕事をしていないのと同じじゃないか。

そこまで心配してもらえるのは、悪い気はしないが……。

などと考え、苦笑いを浮かべつつも俺は魔道具を取り出す。

「これが、撮影に使った魔道具だ。ちゃんと撮れているか、確認してもらえるか？」

「分かった」

そう言って魔道具を受け取った侯爵が、慎重な手付きでそれを操作した。

すると……机の上に、撮影した映像が映った。

そこには儀式の様子が粗《あら》い映像で——しかし、はっきりと映し出されている。

傷を負った犯罪奴隷が祭壇に捧《ささ》げられ、そこに悪霊が降りようとしている場面だ。

周囲に芽吹くブラドンナ草まで、バッチリ映っている。

「これは……素晴らしいな。証拠としては申し分ない」

マイアー侯爵はそう言いながら、さらに魔道具を操作した。

すると、魔道具から5つの石のようなものが排出された。

「1つずつ持っておいてくれ」

「……これは？」

「この石の一つ一つに、撮影した映像が保管されている。1個は私が持つが……もし私を殺して石を奪う者が現れても、同じ映像を君たちが持っていれば、証拠の隠滅はできないということだ」

なるほど。

この魔道具って、データのバックアップ機能までついていたんだな。

そんなものをつける余裕があるなら、周囲に魔力が漏《も》れないように作ってほしかったところだが……まあ、撮影は成功したからよしとするか。

「これがあれば、枢機卿を潰《つぶ》せるか？」

「潰せる。問題は握り潰されないかどうかだが……そこは私の力で何とかしよう。ゲオルギス枢機卿が相手となると、根回しに少しばかり時間はかかるがね」

確信に満ちた表情で、侯爵は断言した。

心強いな。

「期間はどのくらいかかる？」

「2ヶ月……いや、1ヶ月もらえれば、必ず勝負をつけてみせよう」

最初に言いかけた数字から、急に半分になったな。

途中で少しためらったあたり、かなり無理をして1ヶ月という感じなのだろうが。

しかし、1ヶ月もかかるとなると……その間にゲオルギス枢機卿が強硬手段に出てくる可能性があるか。

「1ヶ月もかけて、大丈夫なのか？」

俺達が弱みを握っているとはいえ、ゲオルギス枢機卿は強い力を持った貴族だ。

1ヶ月も時間があれば、使える手はいくつもあるだろう。

極端な話、有り余る金で国内の貴族を片っ端から買収して、証拠の話をもみ消すような可能性すらある。


そういった事情は、マイアー侯爵も理解しているのだろう。

やや苦々しい表情で、侯爵は答えた。


「正直、枢機卿が強硬手段に出てくる可能性は否定《ひてい》できない」

「……だろうな」


侯爵の力不足を責めるつもりはない。

有力な貴族を政治的に追い詰めるというのは、そういうことなのだ。

だからこそ俺は、もう一つの勝ち筋を用意したのだ。

もし映像だけで確実に勝てるのなら、わざわざ大量の魔力を削られてまで『ホーリー・ブレス』など使わなかっただろう。

「そこで一つ相談なんだが……治癒薬製作所を一度畳んで、侯爵領に避難しないか？」

マイアー侯爵は、俺達にそう提案した。

今のところ、メイギス伯爵領はゲオルギス枢機卿による襲撃を全《すべ》て跳ね返し、安全を保《たも》っている。

だが……ゲオルギス枢機卿が本当の意味の強硬策に出てきた場合、襲撃のレベルが変わってくるだろう。

そうなれば、今と状況が同じだとは言い切れない。

だから、枢機卿を追い詰めるまでの間だけ、避難してほしいという訳だ。

その意図は分かるが……色々ともったいない気がするな。

俺達が治癒薬を大量に供給しているからこそ、枢機卿の政治力が今までより弱まっているのだし。

「製作所を畳むのか？」

「ああ。避難中に製作所を襲われて製法がバレれば、全てが水の泡になる恐れがあるからな」

侯爵が言っていることも、リスク管理という意味ではもっともだ。

しかし、ちょっと弱腰すぎる気がするな。

枢機卿が本気になったとして、正面から返り討ちにすればいいだけの話だ。

どう反論すべきかと考えていると……メイギス伯爵が口を開いた。

「申し訳ありませんが……避難はできません」

メイギス伯爵はきっぱりとした口調で、侯爵の誘いを断った。

何を言われようとも、選択を変える気はない……といった様子だ。

「……理由を聞かせてもらおうか」

「我々はそれで大丈夫かもしれませんが、守りを失った領民たちはどうなるのでしょうか。

我々が避難したからといって、枢機卿が手加減をしてくれるとも思えません」

「なるほど。領民ごと避難というのは……流石《さすが》に無理があるか」

侯爵はそう言って、一瞬だけ考え込んだ。

そして、すぐに頷《うなず》く。

「分かった。……死なないでくれよ」

「もちろんです。しかし……もし私が死んだとしても、構わずに計画を進めてください」

どうやら話はまとまったようだ。

避難はせず、枢機卿の強硬手段を迎え撃つ形になりそうだな。

枢機卿を殺しておけば、そういった問題はなかったんだが……それはそれで、政治のほうが問題になるんだよな。

あそこで枢機卿を殺してしまうと『下位職が、枢機卿を暗殺した』という事件になってしまうし。

それは俺達にとって、かなりの不利に働く。

俺達の敵は、ゲオルギス枢機卿だけではない。

背後についている『絶望の箱庭』こそが、本当の敵と言っていい。

そして『絶望の箱庭』に対抗するためには、政治の面もしっかりと考える必要があるのだ。

「決まったみたいだな。……1ヶ月かかるって話だが、俺達に手伝えることがあれば教えてくれ」

「助かる。だが、これは政治側……つまり我々の仕事だ。枢機卿を追い詰めるのは我々に任せて、エルドは領地の守りに専念してほしい」

「……分かった」

役割分担がはっきりしてきたな。

1ヶ月で侯爵がゲオルギス枢機卿を失脚させる。

俺達の役目は、その期間を耐えながら市場に治癒薬の供給を続け、枢機卿の力を削《そ》ぐことだ。

問題は、敵がどんな手に出てくるかだな。

もはや勝利は時間の問題だが、その間の被害はできるだけ減らしたい。

となると、領民に対してどんな訓練を行うかが問題になる訳だ。

「枢機卿は、具体的にどんな手に出てきそうなんだ？」

「そうだな……一番可能性が高いのは、戦争だと考えている」

「戦争……そんなこと、国が許すのか？」

俺の知識が正しければ、普通の国では国内での戦争など許されない。

国の力を衰退させることになるし、内戦をしている間に国外から攻められる恐れもあるからだ。

「前例はある。国の許可を得た上で、内戦を仕掛けた前例がな」

……前例があるのか。

となると、油断はできなさそうだな。

暗殺対策の体制はだいぶ完成してきたと思ったら、今度は戦争対策か。

「分かった。正面からぶつかれるのは、楽といえば楽だな」

「そうなのか？　あそこまでの勢力を持つ貴族に戦争を仕掛けられると聞いたら、普通は恐怖で震え上がるものだが……」

「人数がいくらいても、あの程度の相手になら簡単に勝てる」

この前の潜入で、相手の戦力のレベルは摑《つか》めた。

練度はそこそこ高かったが、戦略は決して上手《うま》いとは言えなかった。

あのレベルの相手なら、領民たちを訓練すれば簡単に勝てるだろう。

「『簡単に勝てる』か。にわかには信じがたいことだが……エルドが言うと、本当にできそうに感じてしまうな」

「ああ。戦争のことはこっちに任せて、侯爵は政治に専念してくれ」

「……分かった」

こうして、作戦が決まった。
俺達は戦争の準備、マイアー侯爵はゲオルギス枢機卿を失脚させる工作だ。

しかし、戦争か。
あまり長引いても面倒だから、やるならさっさとけりをつけたいところだな。
宣戦布告当日にはけりをつける前提で、準備を進めておくことにするか。

第五章

The Invincible Sage in the second world.

05

「さて……まずは武器の用意か」


戦争には当然、武器の準備が必要だ。

だがゲオルギス枢機卿《すうききょう》軍には、もともと冒険者ですらなかったような者——つまり、武器すら持っていないような者すら入っている。

武器も用意できるだけ用意したが、決して良質とは言い難《がた》い。

そもそも俺《おれ》達上位職（この世界では下位職と呼ばれているが）は、使う武器が通常職と違う。

俺が賢者専用の杖《つえ》を持っているように、他の上位職にも専用の武器が存在する。

とはいえこの世界では戦う上位職が少ないため、専用武器を手に入れるのは難しいだろう。

ならば通常の武器から、せめて少しでも上位職に向いたものを調達したいところだ。

ということで俺は、近隣の商会に募集をかけたのだが……結果はなんと全滅だった。

理由は分かっている。

みんなゲオルギス枢機卿を敵に回すのが怖いのだ。


世間一般的には、俺達はゲオルギス枢機卿に勝てないと思われている。

そんな状況で俺達に手を貸したことがバレたら……ゲオルギス枢機卿が勝った時、どんな目に遭うかはおおよそ想像できる。

だからこそ、誰《だれ》も手を出さないという訳だ。


だが俺は諦《あきら》めず、近隣に限らず多くの商会に手紙を出した。

言い値でいいから、とにかく武器を用意してくれと。

本当は実物を見てから買いたかったが、今の状況ではそうも言っていられない。10本に1本、使えるものがあれば良いほうだろう。

そんな思いを込めた手紙に、1つの商会だけがいい返事を返してくれた。


――マキシア商会。

ミーナ率いる、王都の大商会だ。

彼女は手を尽くして、用意できる限りの武器を用意すると約束してくれた。

恐らくマキシア商会となれば、枢機卿にバレないように武器を届ける方法くらい用意しているのだろう。

伝えられた日程からすると、そろそろ届くはずだ。

などと考えながらメイギス商会で待っていると——一人の職員が慌てた様子で駆け込んできた。

「大変です！」

「どうした？」

彼の表情を見る限り、悪いニュースではなさそうだ。

なら、何が一体大変なのだろうか。

「マキシア商会の大商隊が、こちらに向かっています！」

「……大商隊？」


確かにマキシア商会からの手紙に、武器をこちらに運ぶ方法は書かれていなかった。

ただ『今日このくらいの時間に届けるから、待っていてくれ』と書かれていただけだ。

だが状況を考えると、こっそり持ってくるとばかり思っていたのだが……。


俺は報告の内容を確かめるために、メイギス商会屋上に登った。

すると、たしかに商隊はあった。

30台以上の馬車からなる巨大な商隊が、マキシア商会の旗を高らかに掲げながら向かってきている。


「……マキシア商会って、すごかったんだな……」


この30台の馬車を動かすのに、どれだけの人手と予算が必要になるだろうか。

恐らく、治癒薬製造を握る俺達にとってすら、小さい額とは言えないだろう。

そんな商隊を短期間で編成して送り込んでくるあたり、マキシア商会がどれだけの力を握っているのか分かるというものだ。

あの馬車に武器が満載されているとすれば、上位職に向いた武器も必ず見つかることだろう。

しかしマキシア商会は、ここまでやって大丈夫なのだろうか。

ゲオルギス枢機卿が勝つことがあれば、いくらマキシア商会でも厳しい立場になりそうだが……その時には担当者でもクビにして許してもらおうという感じか？


そんな事を考えつつ俺は、商隊の先頭に立つ少女に目をこらす。

あの少女、どこかで見たことがあるような——。


いや、確実に見たことがある。

あれはミーナだ。

商会長であるミーナ自らが、商隊を率いている。もはや言い訳がつかない。


「マキシア商会長本人が来たというのは本当か⁉」

俺が建物の中に戻ってミーナが来た理由について考えていると、メイギス伯爵がそう言って駆け込んできた。

どうやら本人が来たという話は、領地の中にも伝わっているようだ。

俺の見間違いではなさそうだな。

「俺が見た限り、本物だ」

「なぜあんな大物が……確かに『治癒薬』は大きいビジネスだが、このタイミングで我々の領地に味方するなんて、リスクが大きすぎるだろう。マキシア商会長は馬鹿《ばか》なのか？」

「会って話した限りだと、ミーナは有能な商人って感じだったけどな」

それを聞いてメイギス伯爵は、驚いた顔をした。

今の言葉に、驚くような要素はあっただろうか。

「……エルドは、冒険者ではなかったのか？」

「冒険者だが……なんで急にそんな話になるんだ？」

「マキシア商会長ともなれば、貴族である私でも話すのが難しい立場だ。それを呼び捨てにするほどの関係とは……」

……マキシア商会って、そこまで偉いのか。
確かに大商会ともなると、下手な貴族より力を持っているのかもしれない。
王都に来る時に恩を売れたのは、かなりのラッキーだったようだ。

「前に少し、手を貸したことがあってな。もちろん対価はちゃんともらったが」

「それは……エルドが今、この領地にやっているようなことか」

「もっと小規模な話だけどな。まあ薬絡《がら》みといえば薬絡みだが」

今考えてみると、村を出てからは薬ばかり作っている気がするな。
俺が賢者になったのは戦闘のためだったはずなのだが……どうやら俺は、薬に縁があるようだ。
まあ、身につけた知識や技術が役に立つのなら、それはそれで問題ないのだが。

「……マキシア商会はその恩を返すべく、こんな状況の中で助けにきてくれた訳か。エルドの実力に感謝しなければな」

「それだけで動くような奴《やつ》じゃない気がするけどな……」

ミーナと話した感じだと、恩義だけで商会を危険に晒《さら》すような人間には思えなかった。

確かに俺に対する報酬は大盤振る舞いだったが……それは将来に向けての投資という感じだったし。

実際にその投資を成功させてきたからこそ、商会長の立場にいるのだろうし。

「確かにそうだな。当代のマキシア商会長は特に優秀だと聞く」

「そうなのか？」

ミーナに関する評判というのは、聞いたことがなかった。

やっぱり優秀って言われてるのか。

「ああ。実は少し前まで、マキシア商会は落ち目でな。……それを立て直したのが、当代のマキシア商会長だと言われている」

「立て直したって……そんなに前の話じゃないよな？」

年齢は聞いていないが、ミーナはかなり若いはずだ。
就任してから10年も20年も経《た》っているということは、まずないだろう。

「マキシア商会が復活するまで、代替わりから2年もかからなかったはずだ」

「優秀ってレベルじゃないな……」

となると、ミーナがここに来たのには絶対に理由があるな。
一体それが何なのか……。

手紙に言い値でいいと書いたのは間違いだったかもしれない。
下手をすれば治癒薬の利益《りえき》を全部持っていかれることになるぞ……。

そんなことを考えつつ俺は、ミーナの到着を待った。

◇

「頼まれた荷物を届けにきたわ。どれが必要なのか判断がつかなかったから、可能性があるものは全部持ってきたんだけど……必要なものだけ選んでくれていいわよ」

「全部って……この動き、ゲオルギス枢機卿にバレてるんじゃないか？」

「もちろんバレてると思うわよ。商会旗なんて掲げて歩いてて、目立たない訳がないじゃない」

まあ、そうだよな。
隠す気があるなら、せめて商会旗はたたんでしまっておくだろう。
あんな旗、『ここにマキシア商会がいますよー！』と喧伝《けんでん》しているようなものだし。
この言い方だと、ミーナがそのことを分からずに旗を掲げていた訳でもなさそうだ。

となると……。

「……まさか、わざとバラしたのか」

「そうよ。ゲオルギス枢機卿じゃなくて、領民や他の商会たちに見せるためだけどね」

なるほど。

マキシア商会はメイギス伯爵領の味方だとアピールするつもりで、あの旗を掲げていたわけか。

どうやらマキシア商会だけは、俺達が勝つほうに賭《か》けているみたいだな。

責任重大だ。

この賭けに負ければ、いくらミーナでも危険な立場に追い込まれるだろう。

「……危険な賭けだな」

「だから他の商会はビビったんだと思うわ。エルドを見ていない他の商会はね」

「いくらあの戦いを見たからって……怖くないのか？　兵力の数は桁違《けたちが》いだぞ」

「もちろん怖いわよ。でも勝てると思った賭けには最大限突っ込むのが、私のやり方よ。……支店を任せている人達は違うみたいだけどね」

ミーナはそう言って懐《ふところ》から何枚かの手紙を取り出した。

差出人はマキシア商会の各支店長。タイトルは『嘆願状』となっている。

内容は見なくても分かる。

俺達の側につくのをやめてくれ、せめてこっそりやってくれ。

恐らく、そう書かれているのだろう。

それを完全に無視して、ミーナはここに来たという訳だ。

「とりあえず、武器を選んでくれる？　まずは勝ってもらわないといけないんだから」

「分かった。数が多いから、流石《さすが》に時間がかかるが……」

「もちろん待つわよ。スケジュールは長めに確保してあるし」

随分用意がいいんだな……。

そんなことを考えつつ俺は、戦闘に参加する者達のリストを取り出した。

膨大な武器の中から、全員分の武器を選ぶことになる訳だ。

かなりの重労働だが……まあ、気合でなんとかするとしよう。

◇

「本当に、全部持ってきたんだな……」

俺はそう言って、ミーナが持ち込んだ大量の武器を1本1本確認していく。

全部持ってきたというだけあって、持ち込まれた武器の質は様々だった。

どうしようもない出来のものから理想的なものまで、まさに玉石混交《ぎょくせきこんこう》としか言いようがない。

道理で、商隊の規模が大きいわけだ。

「そうしたわ。私じゃ使いみちが見当たらない武器でも、エルドなら使いこなしてしまう気もしたから」

「確かにスキルへの理解によって『いい武器』の基準は違うからな。全部持ち込んでくれるのはありがたい」

「そう言ってもらえると嬉《うれ》しいわ。……流石にこれとかは持ってくるだけ無駄な気もしたけどね。未完成品じゃないの？」


ミーナはそう呟《つぶや》きながら、武器の山から1本の剣を取り出す。

それは……剣の形をした何かだ。

形こそ剣のようだが、刃が付けられていない。

剣であれば刃にあたる部分は厚みが5ミリ近くあり、もはや鈍器ではないかと思うほどだ。

当然、斬《き》れるはずもない。

鈍器として使うにしても、もっとマシな形があるだろう。
……というのが、一般的な見方のはずだ。

「それ、使えるぞ」

「え⁉」

手に持った剣モドキを見て、ミーナが驚いた声を上げる。
まあ、ぱっと見使えないからな……。

「後でまとめて実験をするから、その時に見てみるといい。それは使える」

「全部持ってきてよかったわね……」

そう言ってミーナは『採用候補』と書かれた箱の中に剣モドキを入れた。
使う武器はあまりに数が多いので、まずはこうして『使えそうなもの』と『使えそうにないもの』を分けることにしたのだ。

最終的にはこの『採用候補』の中から、使う本人の意見も取り入れた上で実際の使用武器を決めることになる。

『採用候補』に入るのは、100本中1本といったところだ。

それでも元の本数が膨大《ぼうだい》なので、『採用候補』にはかなりの数が入る。

「よくそんなに一瞬で目利《めき》きができるわね」

俺が武器を選別するのを見ながら、ミーナがそう呟いた。

数が数なので、1本1本しっかり見比べて……という訳にはいかない。

ぱっと見の感覚で『使える』と思ったものを『採用候補』の箱に放り込み、そうでないものを『不採用』の箱に入れる訳だ。

1本に使える時間は、半秒といったところか。

もはや武器を見ている時間より、持ち上げて箱に放り込むのにかけている時間のほうが長いくらいだ。

「こうでもしないと終わらないからな……微妙なやつはとりあえず『採用候補』に入れてるし」

ハタから見れば、適当にやっているようにしか見えないかもしれない。

この速度でもいっこうに選び終わらないのが、持ち込まれた量のすさまじさを物語っている。

「何かコツでもあるの？」

「コツか……あまり意識していなかったな」

武器を見た瞬間に判断しているので、ほとんど無意識のようなものだ。

意識して選んでいては、この速度は保《たも》てないだろう。

だが俺は、かなり確信を持って武器を選んでいる。

そこには理由があるはずだ。

そう考えつつ選別を進めていると……素早く目利きができる理由が分かった。

「分かった。俺は武器そのものじゃなくて、使い方を見ているんだ」

「使い方……？　どういうこと？」

「武器を見ると、どんな戦い方をする奴がそれを使いそうかは想像がつく。そいつが強いと思えば採用だ」

戦術には必ず、それに向いた武器というものがある。

つまり戦術を理解することは、武器を理解することでもあるのだ。

「どんな戦い方か分かるって……それ、自分と違う職業でも分かるものなの？」

「一通りは分かる。そもそも俺と同じ職業の奴なんて、見たことがないしな」

「言われてみればそうね……。つまりエルドと戦う相手は、武器を見せただけで戦術がバレるって訳？」

「ああ。俺が知らない戦い方をする奴や、非効率な武器を使っている奴なら別だけどな」

ＢＢＯの対人戦などでは、一瞬で相手の戦術を推測して対処する必要があった。

そのために手っ取り早いのは、武器を見て判断することだ。

恐らく今の武器選びは、その応用だろう。

「……とりあえず知り合いの貴族達には、エルドを敵に回さないように言っておくわ」

「ゲオルギス枢機卿に負けたら、その必要もなくなるけどな」

「でも勝つんでしょう？」

「当然だ」

そう言って俺は、武器を選び続けた。

この調子でいけば、夕方までには終わるだろう。

「使えそうなものを用意した。使ってみて選んでくれ」

「「「了解！」」」

◇

その日の夕方。

俺は大量の武器を選別し終わり、武器選びの第二段階に取りかかっていた。

とはいっても、この段階で武器を選ぶのは俺ではなく、実際に使う領民達だ。

結局のところ武器というのは、本人が使いやすいかどうかだからな。

訓練も一時的に休んでもらって、みんなで武器選びだ。

ちなみに薬草栽培所の警備など、外せない任務を背負っている者に関しては、候補になる武器を全部買うことになる。

総額がいくらになるか、すでに怖いが……武器というのは、戦争が終わった後でも使えるものだからな。

これも必要な投資という訳だ。


「『ショック・ウェーブ!』」

「『ガード・クラッシュ!』」

「『ファイア・ボム!』」


武器を受け取った領民たちは訓練場に集まり、次々にスキルを放つ。

新たな武器を手にした領民たちは、様々な反応を見せた。


「い……威力が上がってる!」

「いい武器って、こんなに使いやすいのか……」

「剣速が出すぎて、ちょっと慣れないな。訓練の方法を見直すべきか……」


どうやら、評判は上々のようだな。

一部、新しい武器に戸惑っている者もいるようだが……武器が悪いというより、慣れていないだけのようだ。

普通の車に乗っていた者がいきなりレーシングカーに乗せられたようなものだ。
戸惑いも大きいだろう。

とはいえ、彼らにはまだ訓練の時間がある。
戦争の時までしっかり鍛錬を積めば、今の武器より確実に強くなれるだろう。
そのために俺は、しっかりと基礎を身につけるような訓練も行わせていたしな。

そんなことを考えつつ俺は、領民たちが次々に武器の実験をするのを見守る。
すると……一人の領民が困惑の表情で武器を手にしているのが見えた。

「これ、どうやって使えばいいんだ……？」

そう言って武器を観察しているのは、精霊剣士のメイルだ。
その手には、ミーナが酷評した剣モドキが握られていた。

「普通に使えばいい」

俺はメイルの元に近付いて、そう声をかけた。

それでもメイルは、困惑した様子のままだ。

「普通にって言っても……この剣、刃が付いてないんですよ。これでどうやって戦えばいいんですか？」

そう言ってメイルは刃に手の平を当てて、斬るように滑らせる。

普通の剣であれば大怪我《けが》をするところだが、メイルの手には傷一つなかった。

当然だ。厚さが5ミリもある鉄板など、刃物として役に立つ訳がない。

「戦う時には、『精霊の刃《やいば》』を使うよな？」

「もちろん使いますが……これにですか？」

「ああ。やってみれば分かる」

武器というのは、スキルと組み合わせて使うものだ。

俺が選んだ武器の中には、ただ振るだけで強いものもあるが……メイルの剣はそうではない。

「分かりました。ええと、試し斬りの的は……」

メイルはそう言って、試し斬りの的を探す。

だが的はすでに使っている者が多く、順番待ちのようだった。

この剣に関しては、ちゃんとした的も必要ないのだが。

「試し斬りの的はこれでいい」

そう言って俺は、訓練場の隅に転がっていた石を指した。

何の変哲もない石だ。

普通の剣でこんなものを叩《たた》けば、一撃で刃こぼれするだろう。

「……いいんですか？　壊したら弁償じゃ……」

「壊れないから大丈夫だ。スキルは『精霊の刃』だけでいい。勢いあまって足を斬るなよ」

「エルドさんがそう言うなら……『精霊の刃』！」

気の進まない様子ながらもメイルは剣を上段に構え、『精霊の刃』を発動した。
精霊力と魔力が剣を包み、金属の色を覆《おお》い隠す。
そんな剣をメイルが振り下ろすと――軽い音とともに、石が切り裂かれた。

「うおっと！」

メイルはここまで斬れることを想像していなかったようで、慌てて足を引く。
剣は石ごと地面を切り裂き、メイルの足があった場所まで到達していた。
もし足を引いていなかったら、怪我をしていたかもしれない。

「だから言っただろ、足を怪我しないようにと……」

「な、なんでこんなに斬れるんですか⁉」

メイルは怪我しかけたことを気にした様子もなく、驚きに満ちた顔で剣を見つめる。

すでに『精霊の刃』が解けた剣は、元の分厚い刃（？）を晒していた。

「それ、実は杖なんだよ。『剣術媒体』とかいう呼び名もあるけどな」

「杖？　……これの形はどう見ても剣じゃないですか？　刃がないことを除いては……」

「いや、杖だ。目をつむって魔力を流してみろ」

俺の言葉を聞いてメイルは目をつむり、剣モドキに魔力を流す。

そして……目を開いて言った。

「……杖だ。魔力の通りは、完全に杖だ……」

「だろ？　それが切れ味の秘密だ。精霊魔法が強くなるんだよ」

精霊剣士は剣士系だが杖も扱えるという、珍しい職業だ。

杖を持つと、精霊剣士の使うスキルの一部は強化される。

剣に精霊力をまとわせることで切れ味を上げる『精霊の刃』などが代表的だな。


とはいえ、杖を使う精霊剣士は少ない。

ただの杖なら、俺だって使わせないだろう。

精霊剣士の魔法は基本的に『剣による戦闘を補助するもの』なので、ただの杖を持っても有効には戦えないからだ。

だが、剣のような形をした杖なら話は別だ。


厚さが5ミリもある『刃』の斬れ味など皆無に等しいが、『精霊の刃』の媒介として使うならそれで十分だ。

むしろ薄すぎる刃は魔力の通りを悪くするので、こういった設計になっているのだろう。


精霊剣士は基本的に『精霊の刃』を常用する。

そして『精霊の刃』の切れ味に、武器のもともとの切れ味は関係ない。

つまり精霊魔法の性能を最大にできる『剣の形をした杖』こそ、精霊剣士にとっては最も切れ味のいい剣というわけだ。

ＢＢＯだとこういう武器は、『剣術媒体』と呼ばれていたが。

上位職の冷遇されている世界で、なぜこんな剣が設計されたのかは分からないが……もしかしたら昔いた精霊剣士が、自分に合わせて試行錯誤を繰り返したのかもしれないな。

「そういえば……俺達は剣を研《と》がなくていいって言ってましたね。あれって楽をするためじゃなくて、意味がないからだったんですか……？」

「ああ。精霊剣士に剣の切れ味は関係ないって、伝えていたはずだが……」

「聞いてましたけど、ちょっとは関係あるものかと……」

そう言ってメイルが取り出した剣は、きれいに研がれていた。

どうやら彼は几帳面《きちょうめん》な性格らしく、剣は隅々まで磨き上げられている。

「新しい武器は、研がなくていいからな」

「分かりました。磨《みが》くだけにします」

（指導の裏側にある理由については、後でしっかり説明したほうがよさそうだな……）

俺は今まで細かい説明を省き、ほとんど丸暗記させるような形で戦闘技術を覚えさせていた。

戦闘経験の薄い領民たちを手っ取り早く強化するためにはそれが正解だが、ゲオルギス枢機卿を倒して余裕ができた後は、戦術の裏にある設計思想なども教えた方がいいかもしれない。

短期的には丸暗記のほうが成長しやすいが、さらなる強さを求めるためには戦術への深い理解も必要になるし。

などと思案しつつ俺はメイルの元を離れ、他に助けが必要そうな者を探し始めた。

◇

それから数時間後。

すっかり日も暮れたところで、武器選びは無事に終わった。

はじめから強い武器を持っていた数人を除いて、ほとんど全員が武器を持ち替えた形だ。

武器を変える前と比べて、部隊の殲滅力《せんめつ》は倍近くなったはずだ。

武器選びは大成功だったといえるだろう。

問題は……。

「気に入ってもらえたみたいでよかったわ。それで、武器の値段なんだけど……言い値でいいって話だったわね？」

「……ああ。確かにそう言ったな」

俺は引きつった笑いで、ミーナにそう答える。

そう。手紙には確かに『言い値で』と書いた。

流石にミーナにも商会としての信用があるので、あまりに法外な額はふっかけてこないだろう。

だが合理的に金額を出すとしても、すさまじい額になることは想像がつく。

高性能な武器……それも戦争に参加する領民のほぼ全員分。

武器を運ぶ、巨大な商隊の派遣にかかる莫大《ばくだい》なコスト。

そして、今の状況の中でメイギス伯爵領に味方することによるリスク。

それら全《すべ》てを背負って、ミーナは武器を提供したのだ。

高い報酬を受け取るのは、何もおかしいことではない。

とはいえ……足りるかどうかは心配だ。

いくら治癒薬で儲《もう》けているとはいっても、今までの短期間で溜《た》まった額はたかが知れている。

「言い値で武器を買い付けるという提案に賛成したのは私だ。約束は守らせてもらう」

そう言ってメイギス伯爵は、ミーナに領収書を差し出した。

発行者の欄には『マキシア商会』の名前が、宛名《あてな》にはメイギス伯爵の名前が書かれている。

金額欄は空欄だ。

「好きな金額を書いてくれ」

「この私を相手に白紙の領収書を差し出すとは、随分と肝《きも》のすわった領主さんですね」

ミーナはそう言って笑みを浮かべながら、ペンを手にとった。

その様子を見て……伯爵が胃の痛そうな顔をして呟く。

「……領地が破産しない程度だといいんだが」

「心配はいりませんよ。この金額で破産できる人なんていませんから」

そう言ってミーナは、領収書に縦線を1本だけ引き……伯爵に手渡した。

伯爵は呆《ほう》けたような顔で、その領収書を見つめる。

「……1億？」

「いいえ、見ての通りです。武器の対価としてマキシア商会は、1ギールを請求します」

そう言ってミーナ俺達には、小さな手を差し出す。

俺達が動かないのを見て、ミーナが口を開いた。

「はい。速《すみ》やかに1ギールを支払ってください」

「あ、ああ……」

俺はそう言ってポケットから1ギール銅貨を取り出し、ミーナの手にのせた。

本当なら領地の予算から支払うべきものだが……1ギールくらいなら誰も文句を言わないだろう。

「ほ……本当にいいのか？　我々が受け取った武器に、どれだけの価値があるか分かって……」

「分からない訳がないでしょう？　私はマキシア商会のトップよ？」

伯爵の問いに、ミーナが涼しい顔で答える。

この様子を見る限り、ミーナは最初からこうするつもりだったようだ。

だが、狙《ねら》いが分からない。

いくらミーナは俺に恩があるとはいっても、そのぶんの対価はすでに支払ってきたはずだ。

『タダより高いものはない』という言葉を、俺は知っている。

今回も、その例に当てはまるように思えてならないのだ。

「あの武器達は、お近づきの印ということで受け取ってほしいわ。マキシア商会をこれからよろしく♪」

それを聞いて、俺とメイギス伯爵は顔を見合わせる。

もしやミーナは、ここに営業活動をしに来たのだろうか。

「入用《いりよう》のものがある時には、ぜひ使わせてもらおう」

今回の件でミーナは、メイギス伯爵からの信頼を得た。

それも、他の商会とは一線を画するレベルの信頼だ。


まだ俺達は枢機卿と戦っている段階で、外からは劣勢に見えているはずだ。

だからこそ他の商会は、俺達の味方と見られることを恐れている。

この状況で俺達につくことを表明したマキシア商会と、俺達の価値が分かってからすり寄ってくるであろう他の商会……。

どちらが信用できるかは、明白だ。


治癒薬の製造を一手に担うことになる伯爵領は、これからもっと発展するだろう。

労働者の数も増えるだろうし、そのぶんだけ消費するものも増えるはずだ。

その御用商人となることができれば、得られる利益は計り知れない。

今回の『1ギール』は、そのためのダメ押しといったところか。


まだ何かある気がする。

しかし、大商会のトップを相手に腹のさぐりあいを挑んで勝てる気もしない。

となると……聞いてみるのが一番手っ取り早いか。

「ミーナ、もしかしてまだ言いたいことがあるんじゃないのか?」

「あら、なんで分かったの?　顔に出てたかしら?」

そう言ってミーナは、自分の顔を押さえる。

だが、顔に出てなどはいない。

ただの推測だ。

「いや……俺達の信用を得るくらいだけなら、ミーナ自身が来る必要もなかったんじゃないかと思ってな」

なにしろ今、ライバルとなる商会は一つもないのだから。

ミーナ自身が来るまでもなく、ただ武器を送るだけで信用は得られたはずだ。

「そこまでバレてるなら、隠す理由もないわね。……これは私の推測なんだけど……治癒薬の製造量ってもっと増やせるんじゃないかしら?」

なるほど。

治癒薬の製造量をもっと増やせることに気付いていた訳か。

ミーナが言う通り、治癒薬の製造量はまだ増やせる。

製造にかかっている人手のほとんどは、ゲオルギス枢機卿による偵察対策のようなものだ。

それが必要なくなれば、すぐにでも治癒薬の製造量を10倍以上に増やすことができるだろう。

情報統制はちゃんとやっているつもりだったのだが……どうやらミーナの目は欺《あざむ》けなかったようだ。

「どうしてそう思ったんだ？」

もし情報が漏《も》れているとしたら、対策を打つ必要がある。

ミーナが入手できる情報なら、ゲオルギス枢機卿も手に入れている可能性があるからだ。

「あ、別に内偵とかしてる訳じゃないわよ。バレたら信用問題だし」

「……そうなのか？」

「うん。ただ治癒薬の流通量を調べてると、どうもゲオルギス枢機卿領とは違う方法を使ってる気がしたのよ。エルドのことだから、ブラドンナ草を使わない治癒薬の製法を思いついて、それを領地に持ち込んだんじゃないかしら？　それも簡単で大量生産できる方法をね」

半分当たっている。

簡単で大量生産可能というのは、まさにその通りだ。

ブラドンナ草を『使わない』という部分は外れているので、ミーナも治癒薬に関して完全に把握している訳ではないようだが……流通量を調べるだけで、そこまで分かってしまうのか……。

「なるほど。治癒薬の製造量が増やせるかに関してだが……それは領地の秘密だから、残念ながら言えないな」

治癒薬の製造は、領地のトップシークレットだ。

たとえミーナが相手であっても、簡単に出す訳にはいかない。

「別にいいわ。私が勝手にそう思ってるだけだし」

俺の言葉を聞いて、ミーナはあっさり引き下がった。

どうやら、そこに関する情報を探りに来た訳ではないようだ。

「でも……増やせるなら、エルド達は増やしたいんじゃないかしら？」

当たっている。

今はまだ、治癒薬は庶民にとって高嶺《たかね》の花だ。

生産量が絶対的に足りていないため、どうしてもかなりの値段になってしまう。

メイギス伯爵はこの生産量をもっと増やし、一般人でも普通に使えるようにしたいと言っていた。

俺もその意見には賛成だ。

治癒薬を大量生産して値段を落とすのは悪手に見えるかもしれないが……実は領地や上位職

にとっての利益にもなる。

というのも、規模を拡大して生産することになれば、どうしても製法はいずれバレるからだ。

大量生産を行っていれば、バレた時に有利になる。

真正面からの競争になるのなら、大量生産のほうが圧倒的に低コストだからだ。

治癒薬の値段が今の10分の1まで落ちれば、俺達に喧嘩《けんか》を売ってまで競争を挑もうという者はいなくなるだろう。

代わりに生産量が100倍になれば、売上は10倍になる。

その10倍の売上を、ずっと維持できるという訳だ。


コソコソ隠れながら少しずつ生産しているのとどちらが効率的かなど、言うまでもない。

もちろん、こんな目論見《もくろみ》を部外者に明かす訳にはいかない。

だがミーナの口ぶりからして、この考えはすでにお見通しなのだろう。


「答えられないな」

「でしょうね。……まあ、今すぐにって訳じゃないわ。もし強力な流通網や販売網が必要になったら、相談には乗れるわよ？」

なるほど。

自前で構築しようと思えば、何年もかかるだろう。

それを代行することで、莫大な利益を得る。
これが今回ミーナがここに来た理由という訳だ。

「……誰も損をしてないのがすごいな」

メイギス伯爵がぼそりと呟いた言葉に、俺は心の中で同意した。

そう。
今回ミーナは、大儲《おおもう》けの準備を済ませた。
俺達がゲオルギス枢機卿に勝った後、ミーナが大儲けするのは確定だろう。

すごいのは、この場にいる誰も損をしていないことだ。

俺達は質のいい武器を大量に調達できたし、破産することもなかった。

治癒薬の販売網や必要物質の調達網も、ミーナがいなければ他の商会に頼る必要がある。

自分でやればもっと大変だろうし、ミーナに依頼したからといって損をすることはない。

「そこはいつも気を付けているところです、メイギス伯爵。……商売相手に損をさせるより、一緒に得をした方が儲かるもの」

もし損をした者がいるとすれば、それはこの場にいない、他の商人達だろう。

彼らは新たに生じた大きなビジネスチャンスを、丸ごと全部ミーナに持っていかれる訳だから。

……とりあえず、商売関連でミーナを敵に回すのはやめておいたほうがよさそうだな。

敵に回す理由すらまったくないのが、ミーナのすごいところだが。

「まあ、これはほんの始まりなんだけどね」

「どういうことだ？」

「エルドが関《かか》わる領地なんて、すごいことになるに決まってるじゃない。……10年くらいで国内最大の貴族領になってても、私は不思議には思わないわ」

「まさかそんなことは……」

メイギス伯爵はそう言いかけて、俺を見る。
それから少し考え込み、小さく呟いた。

「あるかもしれないな。エルドならあり得る」

「いや、ないと思うが」

俺はそもそも政治が得意な訳でも、好きな訳でもない。
ただ今の環境では俺が戦うのに都合が悪いから、それを変えようとしているだけだ。

だから上位職の立場が認められたら、それ以上政治に影響を及《およ》ぼすつもりはない。
俺が関わったところで、国がどうこうというレベルの話にはならないだろうし。
……ならない、よな？

第六章

06

The Invincible Sage in the second world.

◇（枢機卿視点）

「今、何と言った？」

ゲオルギス枢機卿《すうききょう》は、怒りに満ちた声でそう尋ねた。
その目線の先には、恐怖で縮こまる兵士がいた。

ゲオルギス枢機卿領、枢機卿執務室。
豪奢《ごうしゃ》な装飾品で飾られた部屋の中には、重い空気が立ち込めていた。

「もう一度申してみよ。今、何と言った？」

枢機卿に問われた兵士は、ビクリと身をすくめた。

そして……震える声で告げる。

「……ま、誠に申し訳ありません。ち……『血の石の儀式』は、今回も失敗です」

「クソが！」

枢機卿は兵士の声を聞くと、怒りのままに腰に提《さ》げた剣を抜き、力任せに兵士へと振り下ろした。鍛錬など積んでいないその剣筋はひどいものだったが、高価な剣はそれを補うだけの切れ味によって、兵士の体を両断する。

兵士は苦痛の声を上げながら倒れ、そのまま絶命した。

誰《だれ》も、何も言わない。

部屋には枢機卿と兵士の他に、側近など数十名の人間がいたが……誰もが黙り込んでいる。もし口を開けば、次の槍玉に挙げられて殺されるのが目に見えているからだ。

「誰か！　誰かいないのか⁉　失敗の理由が分かる者は！」

枢機卿が苛立《いらだ》っている理由は明白だった。

薬が——治癒薬が作れていないのだ。

治癒薬作りにおいて最も重要かつ貴重な材料は、ブラドンナ草だ。

ブラドンナ草さえ手に入れてしまえば、治癒薬は簡単に作れる。

そしてゲオルギス枢機卿は『血の石の儀式』を行うことによって、1人の『生きた人間』と引き換えに大量のブラドンナ草を得ることができる。

だから、使い捨てにできる奴隷さえ潤沢《じゅんたく》に用意しておけば、いくらでも薬は作れる。

そのはずだった。

……エルドという男が、祭壇を襲撃するまでは。

あの男による祭壇襲撃の後、『血の石の儀式』は一度も成功していない。

悪霊が近付いてくるところまではいいのだが、儀式によって呼び寄せられた悪霊が、何かに弾かれたかのように途中で去ってしまうのだ。

祭壇が襲撃を受けるまでは一度も観測されたことのない、不可解な現象だった。

「爆発《ばくはつ》によって、祭壇の配置がずれたのではないか？」

枢機卿は、儀式の担当者をそう問い詰める。

エルドは祭壇を襲撃した際、祭壇に『スチーム・エクスプロージョン』なる謎《なぞ》の魔法を打ち込んでいる。

とはいえ、枢機卿はこの魔法名を信用していない。

恐らくそんな魔法は存在せず、こちらの勘違いを誘うために唱えたものだろう。

実際に使われた魔法の詳細は究明中だが……威力の規模からすると、多数の魔術師による儀式魔法の可能性が高いとのことだった。

報告された『スチーム・エクスプロージョン』なる魔法の威力は、人間が個人で出せるようなものではない。

だが、多くの魔法使いと長い期間をかけた儀式であれば、実現の可能性はある。

いずれにしろ、祭壇は膨大《ぼうだい》な威力の魔法に晒《さら》された。

祭壇は非常に重く、簡単には動かないが……そこまでの魔法に晒されることを想定してはいない。

魔法の威力によって祭壇が動いた可能性はあるだろう。

あの祭壇は無造作に置かれているように見えて、実は極《きわ》めて厳しい魔法的条件をクリアして配置されている。

広大なゲオルギス枢機卿領の中で、祭壇を置けるのはあの場所だけなのだ。

そして配置の狂いは、ミリ単位ですら許されない。

「それはあり得ません！　祭壇の配置は魔法によって計測しています。間違いがあるはずが――」

「だったらなぜ、儀式は成功しない！」

「分かりません！　我々にも理解のできないことが起きていると、先日から申し上げているはずです！」

儀式の担当者が、疲れたような声で答える。

これと同じやり取りを繰り返した回数は、もはや数える気にすらならない。

恐らく、30回は超えているだろう。


「なんとしても、儀式は成功させる必要がある！　それは分かっているだろう！」

ゲオルギス枢機卿がここまで焦《あせ》っているのには、理由がある。


冒険者エルドが祭壇を襲撃した後、マイアー侯爵が怪しい動きを見せ始めた。

そのタイミングを考えると、理由は明らかだ。

恐らくマイアー侯爵は、エルドが魔道具によって撮影した証拠映像を持っているのだろう。


証拠映像を持ったのが並の貴族であれば、握り潰《つぶ》すのは簡単だ。

しかしマイアー侯爵は、反ゲオルギス派の中で最強の貴族だ。

それどころか……彼は政治の手腕という意味では、国内でも有数の貴族だと目されている。


彼が本気で秘密裏に動いているとしたら、怪しい動きなど摑ませないはずだ。

それが表に出たということは……恐らく侯爵は、もうこの件を隠す気がないのだろう。

静かに根回しをする段階はもう終わっていて、あとは仕上げの段階という訳だ。

これを放っておけば、間違いなくゲオルギス枢機卿は失脚させられる。

だから対抗策を打ちたいのだが……そのために必要な力が、ゲオルギス枢機卿から失われつつあるのだ。

ゲオルギス枢機卿の圧倒的な政治力は、治癒薬の製造と独占によって得たものだ。

メイギス伯爵によって独占を崩されただけで痛いというのに、製造すらできなくなっては話にならない。

今までは治癒薬の在庫を食い潰すことで、なんとか体面を保《たも》っていたが——その在庫も底を尽きかけている。

このまま『血の石の儀式』が成功しなければ、ゲオルギス枢機卿に勝ち目はない。

（あのエルドという男……消える時に『俺《おれ》の勝ちはもう決まったからな』などとほざいていたな。まさかあれは……儀式失敗のことだったのか？）

もし……あの男が襲撃の際、儀式が失敗するような細工をしていたのであれば、あの発言の理由も理解できる。

だが、それが分かったところで意味はない。

原因が分かったところで、儀式を成功させる手段が分からないからだ。

もし祭壇に問題があるとすれば、対処法は1つある。

「分かった。……原因が分からないのであれば、祭壇ごと交換しろ」

「それはすでに行いました。しかし……効果はありませんでした」

祭壇が襲撃を受け、『血の石の儀式』が失敗し始めた当初に持ち上がったのは、『祭壇に何らかの細工がされているのではないか』というものだった。

可能性として考えられるのは、たとえば祝福魔法だ。

儀式で呼び寄せる悪霊と、神聖なる祝福魔法は相容《あいい》れない。

そのため、祭壇に祝福魔法をかけられると、悪霊が近付くことはできなくなる。

祝福魔法は原理が解明されていないため、魔法による探知が難しい。

だから担当者たちは、細工の施された可能性がある祭壇を丸ごと交換することによって対処しようとした。

祭壇の調達には非常に手間取ったが、『絶望の箱庭』の協力によって何とか仕上げることはできた。


しかし……その結果は、無残な失敗だ。

事態は何も変わらず、儀式は祭壇の交換前と全く同じ形で失敗した。


「では、どうすればいいというのだ！」


ゲオルギス枢機卿は怒りに任せて剣を抜こうとして——寸前で思いとどまった。

自分の領地から雇った兵士であれば、いくら殺そうとも関係ないが……儀式の担当者は違う。

『血の石の儀式』の担当者は『絶望の箱庭』から派遣された、儀式魔法のエキスパートだ。

それを勝手に殺してしまえば、枢機卿も『絶望の箱庭』の怒りを買うことになる。

枢機卿も、彼には手を出せない。

だからこそ担当者は、枢機卿に言い返すことができている訳だ。

……とはいえ、怒りのあまり彼を殺しかけたことも、幾度かあったのだが。

ゲオルギス枢機卿は彼を殺す代わりに、手を額にやって考え込んだ。

そして、たっぷり5分ほど考え込んだ後——担当者に尋ねる。

「儀式ができる場所は、領内に他にないと言っていたな？」

「はい。儀式場所自体に問題がある可能性を考え、他の候補地を探しましたが……残念ながら、祭壇に適した場所はありませんでした」

「ならば、他の領地はどうだ？」

領地の中に、祭壇を作れる場所はない。

であれば、領地の外を探せばいいではないか。

こんな簡単なことに、なぜ今まで気付かなかったのか。

「他の領地ですか？　しかし、ゲオルギス枢機卿領のように環境が整った場所は他にほとんどないはずです。闇雲《やみくも》に探したとしても、年単位の期間が――」

「いや、ある。……メイギス伯爵領だよ」

「あの忌々《いまいま》しい伯爵の領地に、祭壇を作れる場所がある……ということですか？」

「考えてもみろ。そうでなければ、伯爵は一体どうやって薬を作っているんだ？」

この世界で治癒薬の大量生産に成功しているのは、ゲオルギス枢機卿だけだった。

しかし、最近になってメイギス伯爵が大量生産に成功したことで、独占が崩れたのだ。

ではメイギス伯爵は、一体どうやって薬を作ったのか。

考えられる可能性は1つしかない。

――彼は枢機卿と同じく『血の石の儀式』を行った。

そう考えて、恐らく間違いないだろう。

まともな方法で治癒薬を大量生産できるのであれば、誰かがとっくにやっているはずだ。

今まで誰もやっていなかったのは、それが不可能だからだ。

治癒薬を大量生産する方法など『血の石の儀式』以外に存在しない。あるはずがない。

「伯爵が『血の石の儀式』を行っている……確かに、その可能性はあります。しかし――あの領地で奴隷の輸入が増えたという話は聞きませんが?」

メイギス伯爵が儀式を行っている可能性は、以前から考えていた。

だから治癒薬の大量生産が始まってから、ゲオルギス枢機卿はメイギス伯爵領に運び込まれる奴隷の数を常に監視していたのだ。

しかし、奴隷の輸入量は全く増えていなかった。

それどころかメイギス伯爵領は、最初からほとんど奴隷を調達していないのだ。

わずかに運び込まれた奴隷も、他の領地へ運ぶ途中で伯爵領を通っただけ……というものがほとんどだった。


領地によって、奴隷の多い少ないはある。

それでも、ここまで奴隷がいない領地は珍しい。

そう思わされるような調査結果だったのだ。


「その件なのだがな……メイギス伯爵が生け贄《いけにえ》にしていたのは、奴隷ではないかもしれない」

「奴隷でない……というと、一般領民を集めて生け贄に捧《ささ》げていたと？」

「一般領民というより……難民だな。あの領地がカス共を集めているのは、有名な話だろう？」


メイギス伯爵領が多くの難民を受け入れているというのは、有名な話だ。

土地を失った農民、没落した貴族の子息、そして下位職――。

彼が領地に下位職を集めているのは有名な話だが、実はそれ以外の者たちも含め、メイギス伯爵領は多くの難民を受け入れていた。

もちろん見境なくという訳ではなく、受け入れは領地で働く気のある者に限られたが――

それにしても理解のしがたい奇行だ。

難民など助けても1ギールにもならないというのに、わざわざかき集めてどうするのか。

今までゲオルギス枢機卿は、そう伯爵を馬鹿《ばか》にしていた。

だが今や、枢機卿は伯爵の知略に対して、尊敬の念さえ覚えている。

あれは『材料集め』だったのだ。

身寄りのない難民であれば、急に消えても誰も気付かない。

そして奴隷と違って調達に金もかからず、市場を通さないので足もつきにくい。

「なるほど。そうだとしたら……どう対策を打つのですか？」

『血の石の儀式』の担当者は、枢機卿にそう尋ねた。

実のところ彼は、ゲオルギス枢機卿の言う『伯爵領に祭壇がある』という話を信じてはいない。

伯爵領に祭壇がある可能性は、『絶望の箱庭』でも真っ先に検討《けんとう》した。

あの森は警備が厳しく、直接の調査はできなかったが——地図などから、大雑把《おおざっぱ》な条件の絞り込みはできる。

その結果、伯爵領に祭壇が建設された可能性は低いと分かったのだ。

だから『絶望の箱庭』は、メイギス伯爵が他の方法で治癒薬を作っているか、そうでなければ他の領地で儀式を行っているのではないかと考えていた。

しかし、それを説明したところで枢機卿に分かってもらえるとは思えない。

せめて枢機卿が考えている対抗策が、有効なものであることを祈るばかりだ。

「対処法など簡単だよ。戦争を起こせばいい」

「……内戦ですか」

「ああ。伯爵領には祭壇があるはずだ。それだけでも奪えれば、伯爵の治癒薬生産を潰しながら、我々は治癒薬の生産再開ができる。……今の状況を一挙にひっくり返せる、起死回生の一手だとは思わないかね？」

「確かに……それは有効な手ですね」

メイギス伯爵領には、警備の厳しい森がある。

物流の動きからすると、治癒薬が作られているのはあの森以外にあり得ない。

あそこで儀式が行われているのか、それとも他の方法で薬を作っているのかは、この際どちらでもいい。

どんな手段であろうとも、薬が手に入るならそれでいいのだ。

戦争というのはいささか乱暴な手だが――状況を考えると、手段を選んでもいられないだろう。

問題は、本当に戦争を起こせるかどうか。

そして――勝てるかどうかだ。

「内戦など、本当に起こせるのですか？」

「ああ。『メイギス伯爵がゲオルギス枢機卿領から装置を盗み、それを使って治癒薬を製造し始めた。装置は地下深くに埋められており、直接の発見は困難。よって我々は、設備の置かれた森を要求する。従わないのであれば戦争だ』。……口実はこんなところか？」

「……かなり無理矢理ですね」


『装置を盗まれた』というところまではいい。

そこから先が滅茶苦茶《めちゃくちゃ》だ。『装置が見つからないから森ごとよこせ』などとは、暴論にもほどがある。

第一、地下深くに埋め込まれた装置を、メイギス伯爵はどうやって使っているというのか。

「無理やりなのは承知の上だ。……今の状況では、それらしい理由をつけたところで意味はないだろう？」

ゲオルギス枢機卿がメイギス伯爵を潰したがっているのは、周知の事実だ。

それっぽい言い訳をつけたところで、本当の意図などバレバレに決まっている。

であれば、最初から言いがかりのようなもので戦争をふっかけたほうが、まだ潔いというものだ。

そのほうが……『ゲオルギス枢機卿に逆らうと、こういう目に遭うぞ』という意味での見せしめにもなる。

「たしかにそうですが、それで開戦が認められるでしょうか？」

「認めさせるさ。中央の連中ごときでは止められんよ」

この国は、一応『王国』――つまり、国王が治める国ということになっている。

だが実際のところ、国王の兵力は国内全域に十分な戦力を展開できるほど大きくはない。

そのため国内の治安維持は、ほとんど各地の貴族たちに任されていた。

実際のところ、この国において王の権力はそこまで強くない。

なにしろ、国内の貴族が結託して一斉に蜂起《ほうき》すれば、国王軍など簡単に潰せてしまうのだから。

実質的にこの国の国王は、王というより『国内で最大の貴族』と呼ぶのが正しいのかもしれない。

その程度の権力で、貴族同士の戦争を止めるのは難しい。

だから貴族同士の戦争は、一応自己責任ということになっていた。

「しかし、全面戦争は難しいかもしれないな。戦闘区域を限った『ルールある戦争』というのが、現実的なところか」

メイギス伯爵領とゲオルギス枢機卿領は、隣り合った領地ではない。

だから全面戦争を行ってしまうと、間に挟まれた貴族が巻き込まれることになる。

そうなれば、巻き込まれた貴族も黙っていない。

恐らく戦争を仕掛けた側——つまりゲオルギス枢機卿は、多くの貴族をまとめて敵に回すことになるのだ。

そんな状態で全面戦争を行えば、待っているのは敗北だけ。

となると……戦闘区域をある程度絞《しぼ》った上で戦争を行うことになる。

例えば『戦闘区域は○○平原』などと指定し、その区域外での戦闘を禁止すれば、周辺の貴族が巻き込まれることはなくなるという訳だ。

民間人が巻き込まれることもないため、領地の力を落とすことも避けられる。

こういった『ルールある戦争』は、今までに何度もあったことだ。

むしろ、ルール無用で徹底的に殺し合うような戦争のほうが、逆に珍しい。

そういう戦争をしてしまうと、勝った側まで疲弊してしまうので、戦争に勝っても逆効果になってしまうからだ。


「メイギス伯爵領と戦争したとして、勝てると思うか?」

「間違いなく、勝てるかと」


ゲオルギス枢機卿の問いに、枢機卿軍の指揮官は迷いなく答えた。

メイギス伯爵領には、『炎槍《えんそう》』ミーリアやエルドなど、脅威となる人物が複数いる。

しかし、その数は少ない。

戦争で物を言うのは数だ。

現状最大戦力とみなされる『炎槍』ミーリアであろうとも、精鋭の兵士100人を同時に相手取って無事でいられる訳がない。

エルドのほうは未知数だが、大人数であれば圧殺できることに違いはないだろう。


メイギス伯爵の持つ兵力は、恐らく1000人前後といったところ。

マイアー侯爵だって、せいぜい3000人だ。

今の世界の食糧事情では、この数を維持するのにだって相当な努力を要するのだ。

それに対し――ゲオルギス枢機卿が持つ兵力は、3万人を超えている。メイギス伯爵の30倍、マイアー侯爵の10倍だ。
この数は、まさしく桁外《けたはず》れだ。

治癒薬製造の独占と、広大な領地。

この2つの優位は、ゲオルギス枢機卿に圧倒的な兵力を持たせるに至っていた。

いくら『炎槍』やエルドが強くとも……3万人相手に2人では、いないも同然だろう。

懸念《けねん》があるとしたら、それは祭壇を襲撃した時に使われた『スチーム・エクスプロージョン』だ。

あの魔法だけは、人数が多くても少なくても関係がない。

とはいえ……それだけで枢機卿軍が負けるとは、到底思えなかった。

あの『スチーム・エクスプロージョン』は恐らく儀式魔法、それも高位の術者を多数用意し、長い時間をかけて初めて準備できるような代物だ。

もし戦争中に撃てるとしても、せいぜい1発が限界といったところだろう。

その1発では多大な被害が出るだろうが、その程度で枢機卿軍と伯爵軍の人数差は埋まらない。

そもそも戦力に1桁差があって、負ける訳がないのだ。

だからこそ指揮官は、勝てると即答した。

「よろしい。では宣戦布告の準備をしろ。……マイアー侯爵の件を考えると、我々に残された時間は少ない。可及的速《すみ》やかに、宣戦布告を行え」

「仰《おお》せのままに」

こうしてゲオルギス枢機卿は、開戦に向けた準備を始めるのだった。

負けるはずがない。

なにしろ、戦力差は30倍もあるのだから。

ゲオルギス枢機卿は、そう確信していた。

第七章

07

The Invincible Sage in the second world.

「……やはり来たか」

俺《おれ》がゲオルギス枢機卿《すうききょう》領から戻って、2週間と少し経《た》った頃。

メイギス商会に集まった俺とメイギス伯爵は、1通の手紙を見ていた。

手紙には、こう書かれている。

宣戦布告書

先日我々は、我が領地から盗み出した治癒薬製造機器を返還するよう求めた。

しかし、機器を返還すれば罪には問わないという寛大な申し出にもかかわらず、返還は行われなかった。

それどころか貴公らは機器を森に埋めその所在を隠した。

言語道断の所業である。

よって我々ゲオルギス枢機卿領は、メイギス伯爵領に戦争を申し込む。

指定の日付に、我々はマイルズ荒野経由で機器の埋められた森を奪還《だっかん》する。

貴公らに少しでも貴族としての尊厳が残っているのであれば、機器を隠して逃げるような真似《まね》はせず、正面から迎え撃たれたし。


要するに、宣戦布告だ。

書かれている日付は……今から3日後。

「マイルズ荒野っていうと……あの森の隣にある荒野か？」

「ああ。治癒薬を作っている森の、ちょうど隣にある荒野——つまり、我々が負ければすぐに森へと進軍できる位置だ」

「意地でも無視させないつもりか……」

外国との戦争とは違い、内戦の戦闘範囲は限られている。

周辺の貴族に『ここで戦争をしますから、巻き込まれないようにしてくださいね』と通達を出した範囲以外で戦争をすると、余計な敵が増えてしまうからだ。

そのため戦争においては、無視されないかどうかというのが問題になってくる。

領地から離れた場所に戦闘区域を設定した場合、戦争を挑まれた側は何もせずに無視していれば、戦争を避けられてしまうのだ。

マイルズ荒野を戦闘区域としたのは、それを防ぐためだろう。

しかし……。

「この位置だと、かなり枢機卿に不利じゃないか？」

貴族同士の戦争の場合、戦闘区域は『どちらの領地でもない場所』が選ばれることが多い。

それは、いずれかの貴族の領地で戦った場合、防衛側が圧倒的に有利となるからだ。

なにしろ防衛側は物資を運ぶ必要もなければ、長時間の移動で兵を疲れさせる必要もなく、おまけに土地勘もある。

それと正反対の条件の攻撃側が不利になるのは当然だろう。

だが枢機卿は、メイギス伯爵領にあるマイルズ荒野を戦場とした。

事前に聞いていた戦争のセオリーから外れた選択だ。

「ああ。書いてある条件を見る限り……かなり我々に有利だな」

国内での戦争は、普通なら長い準備期間を必要とする。

相手と相談しながら戦場となる荒野などを借り、立会人を決め、勝利条件を設定し……『もし逃げたらどうなるか』などといった条件を設定した上で戦う。

それがこの国での『普通の戦争』らしい。

戦争とはいうものの、ある意味『貴族同士の決闘』という面が強いのだ。

それに対して今回は……本物の戦争に近い形だ。
開戦日や戦闘区域こそ決まっているが、一方的に宣戦布告して、無視した場合はそのまま武力制圧ということになる。

通常の戦争はお互いに戦う気があるから、戦場の調整などが利く。
だからこそ、対等に近い条件で戦える。

だが今回の場合、俺達に戦う気はない。
なにしろ、マイアー侯爵を待っていればゲオルギス枢機卿が失脚して勝利が決まるので、戦う理由がないのだ。

俺達を無理に戦場へ引っ張り出そうと思えば、どうにかして『俺達が無視できない条件』を作る他ない。
その結果が、この戦場設定なのだろう。

「しかし、3日後とは随分急いだものだな」

「軍を動かすのって、宣戦布告の後なんだよな？　……3日でここまでたどり着かせるとなると、兵はかなり疲れるんじゃないか？」

「ああ。向こうの兵力3万のうち、戦争に出せるのは頑張っても2万といったところだろう。その数を3日で移動させるとなると……かなりの強行軍のはずだ」

メイギス伯爵領とゲオルギス枢機卿領は、1日歩けばたどり着ける程度の距離でしかない。だがそれは、俺一人ならの話だ。

2万人もの軍隊を移動させるとなると、3日という期間はあまりにも短い。

なにしろ軍はただ人がいればいいというものではなく、物資を運びながら動かなければならないからだ。

戦争がどれだけ続くか分からない以上、運ばなければならない装備や食料は膨大《ぼうだい》な量になる。

途中でそれらが尽きれば、待っているのは敗北だけだ。

さらに、道自体の問題もある。

この世界の道は、日本のように広くもなければ整備されてもいない。

大勢が同時に通れるような道ばかりではないのだ。

崖際《がけぎわ》などで1人しか通れないような場所を通る場合、軍隊は一度隊列を崩して、1人ずつ兵隊を通らせることになる。

だから……例えば1秒間に1人しか通れない道ならば、2万人が通るには2万秒——つまり、5、6時間ほどもかかってしまうのだ。

それから隊列を直し、移動速度を取り戻すまでにどれだけの時間がかかるか……。

軍隊の移動というのは、そういうものなのだ。

そのあたりの事情を考えると、3日後という開戦日は枢機卿軍にとって、強行軍の直後に休憩なしで戦うのに等しい暴挙だ。

では、なぜそんな無茶をするのか。

理由は一つしかない。

恐らくゲオルギス枢機卿は、焦《あせ》っているのだ。

「……この条件で済んだのは、マイアー侯爵のおかげって訳か」

「恐らく、そういうことだろうな」

恐らくゲオルギス枢機卿も、このままでは自分が失脚させられることに気が付いている。
だからこそ、これだけ不利な条件での戦争を挑んできたのだろう。

マイアー侯爵による裏工作は、まだ表には出ていない。
だが、その脅威はゲオルギス枢機卿への圧力として、大きな効果をあげているという訳だ。

「とはいえ……戦力差が20倍あることに変わりはない。勝てるのか？」

疲れているとはいっても、ゲオルギス枢機卿の軍は2万人いる。
それに対してメイギス伯爵領が出せる軍の人数は、１０００人がせいぜいだ。
マイアー侯爵も軍は持っているが、領地が遠いため３日後には間に合わない。

100人程度であれば動かせるものの、侯爵の軍は戦争中の治安維持のために、メイギス伯爵領の守りに回される予定だ。

つまり結局俺達は、メイギス伯爵軍の1000人だけで戦うことになる訳だ。

それを理解した上で――俺は答える。

「余裕だ。負ける要素がない」

「20倍差でもか？」

「100倍だろうと結果は同じだ。『戦い方』ってものが分かってない奴《やつ》らが何人集まろうが、脅威《きょうい》にはならない」

ゲオルギス枢機卿が戦争を仕掛けてくることは、元々予想がついている。

だから俺達はこの2週間と少しの間、メイギス伯爵軍に『戦い方』を教えていた。

この世界で一般的な戦い方ではなく……BBOで使われていた、集団戦の基本戦術を。

メイギス伯爵軍の半分以上は下位職——つまり、ＢＢＯでいうところの上位職だ。

下位職には多様なスキルがあり、その中には集団戦に特化したようなスキルも多数存在する。

それらを複雑に絡《から》み合《あ》わせれば、基本職の集まりなどとは比べ物にならないほどの力が発揮できる訳だ。


幸い、メイギス伯爵軍の職業構成は非常にバランスがよかった。

下位職ばかりという訳でもなければ、基本職ばかりという訳でもない。

おかげで欲しいスキルが、綺麗《きれい》に一通り揃《そろ》っているのだ。


できれば賢者が俺以外に１００人くらいいてくれると、目を覆《おお》わんばかりの『酷い作戦』が取れたのだが……今回の心残りは、それができなかったことくらいだな。

まあ、アレはアレで『戦争』というよりは『ただの大虐殺』という感じになってしまうので、戦争の後の印象などを考えると微妙なのだが。


「食料や物資も、もう準備できているんだよな？」

「もちろんだ。この短期間で、全軍を半年動かせるだけの兵糧《ひょうろう》が集まった」

俺が軍隊の訓練をしている間に、メイギス伯爵は軍が使う物資を集めていた。
通常であれば、１０００人の軍勢を長期間動かすような物資を急に集めるのは大変なのだが
――金の力を使ったのだ。

治癒薬のおかげで、メイギス伯爵領……というかメイギス商会には潤沢《じゅんたく》な資金がある。
それはもう、本当にいくらでもあると言っていいほど、大量の資金がある。
メイギス伯爵はそれを使い、ほとんど札束《さつたば》でビンタするような形で物資を買い集めた。

ちなみに、その買い集めをしていた期間ですら、メイギス商会の財政は黒字だったのだから、
治癒薬の儲《もう》けというものは本当に恐ろしい。

「十分過ぎるな。１日で終わる戦争にはもったいないくらいだ」

「余ったら余ったらで、使いみちはある。……無理に使い切ろうと考えないで、短期決戦してくれて構わないぞ。……犠牲者の数は、できるだけ減らしたいものだからな」

「もちろん、そのつもりだ」

俺はそう言って、戦場付近の地図を確認した。

これなら……訓練で想定していた通りの作戦が使えそうだな。

◇

3日後。

俺達はマイルズ荒野に展開した陣地で、開戦を待っていた。

そこに、連絡係の声が響く。

「ゲオルギス枢機卿より、30分後に開戦との通達が来ました！」

「分かった」

この国での戦争には、ルールがある。

戦闘区域や開戦日も、その中の一つだ。

だが……ルールの中で最も重要なのは、勝利条件だ。

最後の一兵を殺すまで続くような戦争は、互いに被害を拡大させるだけ。

そういった事態を避けるために、戦争には勝利条件が設定されることが多い。


この戦争も、その例外ではなかった。

今回設定された勝利条件は、敵大将の降伏、死亡、あるいは逃亡。


通常であれば、大将は貴族ということになる。

『死んではいけない役目』である大将を、本陣で厳重な警備を受ける貴族が背負うのは、ある意味当然のことだろう。

ゲオルギス枢機卿はそのセオリー通り、本人を大将にしてきた。


しかし、俺達は違った。

「お前が負けたら、我が軍は敗北だ。……死んでくれるなよ」

「もちろんだ」

今回大将に指定されたのは、貴族ではない。

枢機卿に送った書面に書かれた大将の名前は――『冒険者エルド』。

つまり、俺だ。

「しかし……本当に俺が大将でよかったのか？　俺は必要な場面なら、普通に前線に出るぞ？」

「大丈夫だ。たとえ前線に出ようとも、エルドの命が危険になる状況というのが思い浮かばない。……私がいる本陣より、エルドの隣のほうが安全とすら思えるくらいだ」

「……そうか」

まあ、俺は死ぬつもりなどないので、大将でも別に問題はない。

俺が死ぬような状況なら、どうせ勝ち目はないだろうしな。

そう考えつつ俺は、荒野に展開した伯爵軍に向かって叫ぶ。

拡声魔法によって拡大された声は、軍の隅々まで響き渡る。

「お前ら、準備はいいか！」

「「「「おう！」」」」

軍から、力強い声が返ってきた。

彼らは元々、そこまで練度の高い軍という訳ではなかった。
メイギス伯爵は戦争をしたことがないので、軍の仕事は領内の治安維持程度だったのだ。

だが――彼らはこの2週間の間、厳しい訓練を積んできた。
それも根性任せの無理な特訓ではなく、合理的な戦術を徹底的に叩《たた》き込《こ》むための訓練だ。

彼らの矢は、枢機卿軍の弓使いほど当たらない。
彼らの剣筋は、枢機卿軍の剣士ほど鋭くはない。
訓練を積んできた期間が違うのだから、それは仕方がない。

それでも彼らは、伯爵軍より強い。

俺はそう確信していた。

軍隊の『集団としての強さ』は、『個々の強さ』の足し算ではないからだ。


「全軍、戦闘態勢へ！」

「「「「おう！」」」」


俺の声に応じて、軍勢が動き出した。

そして10分ほどで、円形の陣が完成した。

この陣形こそ、伯爵軍のメイン部隊が使う唯一の陣形だ。

今回、伯爵軍が使う陣形は一つのパターンしかない。

短い訓練機関でいくつもの陣形を身につけさせるよりは、一つの陣形をしっかりと訓練したほうがいいとの判断だ。

敵の姿は、俺達のいる場所からは見えない。

だが……。

「マジックサーチ」

魔法を使うと、すぐに敵が展開している位置が分かった。

敵はマイルズ荒野の反対側に、巨大な陣地を展開していた。

予想通り、数は2万程度のようだ。

……そして、30分後。

「開戦の時間です」

連絡係が俺にそう告げると同時に——俺は伯爵軍に向けて声を張り上げた。

「全軍、進め！」

「「「「おう！」」」」

威勢のいい返事とともに、軍勢がゆっくりと進み始める。
伯爵軍の練度では、走りながら陣形を維持するのは難しい。
そのため陣形の維持を優先して、速度を低めに維持しているのだ。

「『マジックサーチ』」

俺は自軍の動きを見ながら、定期的にマジックサーチを発動して敵の動きを観察する。
やはり向こうは、軍隊の移動が速い。
恐らく、素早く走りながらでも陣形を維持できるだけの訓練を積んでいるのだろう。

正直なところ、練度は比較にならない……といった印象だな。
スキルの存在しない戦争だったら、俺達は1時間も経たずに全滅したはずだ。

「やっぱり、そうくるよな……」

俺は敵軍の動きを見ながら、そう呟《つぶや》いた。
敵軍が、陣形を大きく変え始めたのだ。

向こうにはゲオルギス枢機卿——俺と同じように『マジックサーチ』を使える賢者がいる。
つまりお互いに、相手の動きなど手に取るように分かるという訳だ。

敵の位置が分かっているのであれば、ゲオルギス枢機卿が取る手など1つしかない。
包囲殲滅《せんめつ》だ。

ゲオルギス枢機卿軍は、メイギス伯爵軍の20倍近い人数を誇っている。
これだけの人数差があれば、伯爵軍を包囲するのは簡単だ。

包囲ほど有利な陣形など、戦争には存在しない。
なにしろ囲まれている側は、全方面から同時に攻撃を受けることになるのだ。
俺はそれに対し——おとなしく囲まれることにした。

「囲まれるぞ！　覚悟しろ！」

「「「「了解！」」」」

陣地から、そう声が返ってくる。
その様子を見ながら俺は、陣形の中央へと入った。

「魔法防御、展開！」

「「「「了解！」」」」

囲まれるのに備えて、伯爵軍の魔法使い系職などが防御魔法を展開し始める。
伯爵軍の練度は決して高いとはいえないが、防御魔法展開の動きによどみはなかった。
この場面で使う魔法はあらかじめ決まっており、何度も訓練を重ねていたからだ。

そんな中――ゲオルギス枢機卿軍はメイギス伯爵軍を完全に包囲した。
360度、どこを見ても敵しかいない。
平坦《へいたん》な荒野で1000人の軍と2万人の軍がぶつかりあえば、こうなるのは当然だ。

「これで、逃げ場はありませんね……」

「ああ。『今は』そうだな」

俺はサチリスと、そんな会話を交わす。

絶体絶命の危機にも見える状況だが、俺達に焦りはなかった。

この包囲は、あらかじめ予想していたものだからだ。

とはいえ、やはり緊張はあるな。

俺が考えた作戦がもし通用しなければ、待っているのは『全滅』だけなのだから。

「仕掛けてきませんね……」

「いや、くるさ」

俺はそう言って、敵軍の動きを見る。

敵軍は魔法を準備したり矢をつがえたりして、いつでも俺達を攻撃できる体勢でいる。

どう見ても、一斉攻撃の準備だ。


(遠距離職が多いな……)


恐らくゲオルギス枢機卿は、3万人の枢機卿軍から今回の戦争に出すメンバーを選ぶ際に、遠距離攻撃を得意とする者を優先的に選んだのだろう。

包囲殲滅であれば、遠距離攻撃のできる人間が多ければ多いほど、敵にかけられる圧力は大きくなるからな。

ゲオルギス枢機卿軍の攻撃能力は、恐らく3万人の軍隊とほとんど変わらないことだろう。


そして……。


「全軍、包囲殲滅を開始せよ!」

広い荒野に、ゲオルギス枢機卿の声が響き渡る。

拡声魔法による指示だ。

それと同時に、敵軍が一斉攻撃を始めた。

「下位職のクズ共を殺せ！」

「あれっぽっちの軍勢、いないのと同じだ！」

弓矢、攻撃魔法、投石機――。

ありとあらゆる遠距離攻撃が、伯爵軍へと降《ふ》り注《そそ》ぐ。

伯爵軍は1000人にも満たない、大した練度もない軍勢だ。

それが2万人近い枢機卿軍の一斉攻撃を受けて無事でいられるはずがない。

枢機卿軍は、恐らくそう思っていたはずだ。

だが――。

「な……なぜだ？」

枢機卿軍の士官が、困惑の声を上げるのが見えた。

その理由は明白だ。

2万人による一斉攻撃は、伯爵軍に全くといっていいほど被害を与えられなかったからだ。


「被害状況を報告しろ！」


「南方エリア、被害ゼロです！」

「北方エリア、被害ゼロ！」

「西方エリア、被害ゼロ！」

「東方エリア、被害ゼロ！」

俺の声に従って、各エリアの指揮官が状況を報告する。

結果は、被害ゼロ――予想通りだ。

メイギス伯爵軍はゲオルギス枢機卿軍の一斉攻撃に対して、防御魔法を展開していた。
使った魔法自体は基本的なものだが、その背後につく支援が違った。

例えば下位職の中に『吟遊詩人』という職業がある。
単体での戦闘能力がなく、基本スキルもひどい性能のため……この世界では、ノービスの次くらいに冷遇されている職業だ。

実際、基本スキルしか使えない吟遊詩人は、俺の目から見てもゴミのような性能だ。
だが彼らの評価は、上位スキルを覚えると同時に１８０度逆転する。

例えば……『守護のオーラ』というスキルがある。
周囲で使われる防御魔法の効果を、一律に3倍に引き上げるスキルだ。

範囲内にいる限り、このスキルは誰《だれ》にでも効果を発揮する。
そう。範囲内に何百人の軍勢がいようが、全員の防御魔法が等しく強化されるのだ。
集団戦において、この性能は反則といってもいい。

このようなスキルは、吟遊詩人以外にも存在する。

精霊弓師《ゆみし》であれば『精霊の加護』。

グラップラーであれば『戦王の咆哮《ほうこう》・金剛』。

流石《さすが》に『守護のオーラ』ほど圧倒的な性能は持っていないが、いずれも防御魔法を強化する効果を持つ範囲強化スキルだ。


メイギス伯爵軍はこれらのスキルの重ねがけによって、平時とは比べ物にならないほど――それこそ数十倍にも及《およ》ぶ、防御力強化の恩恵を受けていた。

普通ならギリギリ弓矢を防ぐ程度の防御魔法も、これだけの強化効果を受ければ鉄壁の守りと化す。

その力によって、メイギス伯爵軍は敵の攻撃を被害ゼロで耐え切ったのだ。


これこそ、俺が今回立てた作戦だ。

荒野で戦う以上、包囲されるのは避けられない。

だったら、包囲されても潰《つぶ》されないようにすればいいのだ。

そして――。

「全軍、反撃用意!」

敵の攻撃の圧力が弱まったところで、俺はそう告げた。

ゲオルギス枢機卿《すうききょう》軍は高い攻撃能力を持っているようだが、その攻撃力は長期間維持できるようなものではない。

投石機であれば再装塡《そうてん》が、弓使いであれば矢の補充が、大規模魔法なら詠唱時間が必要となる。

そのため敵の火力は一斉攻撃の開始直後がピークとなり、それからはゆるやかに落ちていくのだ。

敵の攻撃が弱まったタイミングは、俺達《おれ》にとってまさに絶好の反撃機会だ。

メイギス伯爵軍のうち、最低限必要な防御魔法使い以外が攻撃に転じた。

それを見ながら俺は、支援部隊に指示を出す。

「サチリス、つないでくれ」

「はい」

範囲強化スキルは強力だが、欠点もある。

一部の攻撃強化スキルは、防御強化スキルと同時に展開できないことだ。

例えば吟遊詩人であれば『守護のオーラ』と『攻撃のオーラ』というスキルがあり、それを同時に使うことはできない。

そのため攻撃能力を強化しようとすると、その間は防御力が薄くなる。

人数が同程度であれば、攻撃強化をせずに反撃すればいいだけなのだが……流石《さすが》に20対1の戦力差があると、それでは魔力がもたない。

そのため、攻撃能力の強化は絶対に必要となる。

……俺はこの問題を、2つめの命令系統を用意することで解決した。

「第二支援小隊、支援魔法を攻撃に切り替えてくれ」

「了解」

サチリスのスキル『風のささやき』を通して、吟遊詩人を中心とする支援部隊に指示が飛んだ。

『風のささやき』は遠くに声を届けるためのスキルだが、通常の拡声魔法と違い、指定した対象以外に声が届かない。

そのため、どういう指示を出したのかは敵にバレないという訳だ。

そして、支援魔法が切り替わった瞬間――。

俺は拡声魔法で、全軍に通達する。


「撃て」


返事はなかった。

その代わりに伯爵軍から、無数の遠距離攻撃が放たれる。


「防御魔法を……ぎゃあああああぁぁ！」

「盾《たて》部隊、構え――がぁっ⁉」


ゲオルギス枢機卿軍は、遠距離魔法に対する備えもしっかりと準備していた。

遠距離攻撃が放たれたと見るや、全軍に攻撃魔法や盾が展開され、兵を守ったのだ。

しかし、それは無意味だった。


枢機卿軍の魔法使いが展開した防御魔法は、攻撃魔法が当たった瞬間ガラスのように砕けた。

魔法使いを守ろうとした盾使いは、手に持った分厚い盾ごと矢に貫かれて絶命した。

支援スキルによって威力を強化された遠距離攻撃を前に、枢機卿軍の防御は意味をなさなかったのだ。


そして最もえげつなかったのが、『魔法弓師』の上位スキル『モルター・アロー』だ。

このスキルは、爆発《ばくはつ》魔法を弓に仕込んだようなものだ。

ただでさえ強力なスキルなのだが……爆発魔法にとって威力の強化は、破壊力向上と同時に攻撃範囲の拡大を意味する。


「な……何だ、あれは？　1本の矢で、部隊が壊滅だと……？」

運よく難を逃れた枢機卿軍の兵士が、呆然《ぼうぜん》とした声を上げる。

部隊が壊滅というのは、あながち誇張表現でもない。

『モルター・アロー』が敵の密集地帯に着弾すると、周囲一帯は地獄の様相を呈した。

着弾地点付近にいた兵は即死、その外にいた人間も重傷で、戦闘継続は不可能な状況に追い込まれた。

流石に『スチーム・エクスプロージョン』ほどの威力はないものの、敵は密集陣形を組んでいたため、巻き込まれる兵の数はすさまじかった。

たった一撃で100人もの人間が、戦闘能力を失ったのだ。

強力なスキルだけあって1分に1発ほどしか撃てないが、それでも十分な威力だった。

伯爵軍の反撃によって、ゲオルギス枢機卿軍は見る間に数を減らしていく。

だが俺は、まだ油断してはいない。

なにしろ枢機卿軍は、2万人もいるのだ。

１０００人の部隊のうち数割に過ぎない遠距離部隊には、魔力の限界もある。このまま敵を全滅に追い込む……という訳にはいかないだろう。

「状況はどうだ？」

「敵司令部は、兵を散開させるつもりのようです」

サチリスが、そう答えた。
今のような混戦になると、様子がわかるのは最前線だけで、敵司令部の様子まで探ることはできない。
だから敵の状況を探るために、サチリスに『風の声』を使ってもらっているのだ。

今回、敵司令部が出した命令は『散開』。
『モルター・アロー』をはじめとする範囲攻撃の被害が大きいのを見て、密集隊形をやめさせることに決めたのだろう。

現状への対処としては、的確な指示だな。

だからといって、負けるつもりはないが。

「支援スキルの件は？」

「予想通り、気付いていないようですね」

やはりそうか。

敵は俺達が支援魔法を切り替えたことに気付けない。

そのために俺達は、わざわざ拡声魔法ではなく『風のささやき』を使って命令を出しているのだから。

そして防御が必要な時には防御強化スキルが展開され、敵の攻撃が弱まれば攻撃強化スキルが展開される。

ゲオルギス枢機卿軍からは俺達の軍勢が、常に最強の攻撃能力と最強の防御能力を兼ね備えた、悪夢のような軍勢に見えることだろう。

敵軍は今、伯爵軍に恐怖を覚えているはずだ。

ここまで一方的にやられれば、誰《だれ》でも怖がって当然だ。
しかも自分たちの20分の1程度しかいない軍勢に対し、攻撃を当てることすらできていないとなれば、向こうの目からは俺達が化け物に見えていてもおかしくはない。

となると……。

「そろそろだな」

遠距離攻撃は確かに、一方的に敵を殲滅《せんめつ》できる。
だが、一度に倒せる敵の数は限定的だ。

敵は命令に従って、陣形を散開させていた。
あれだけの被害を受けながら命令系統を維持し、陣形の組み換えさえやってみせるゲオルギス枢機卿軍は、やはり高い練度を誇っているのだろう。
陣形の組み換えはかなりの効果を発揮したようで、伯爵軍の範囲魔法は少数の敵しか巻き込めない状況になっている。

この作戦を取られると、もう遠距離攻撃部隊による敵殲滅は期待できない。

敵1人を倒すのに必要な魔力量が増えてしまうため、数で劣る伯爵軍が攻撃を続けられなくなるのだ。

通常であれば、敵兵のうち3割程度を倒せば軍は崩壊状態に追い込まれ、まともな抵抗ができなくなるのだが……すでに4割近い兵力を失っているにもかかわらず応戦を続ける枢機卿軍に、その期待はできないだろう。


だが、こういう状況もあらかじめ想定済みだ。

伯爵軍が包囲されているのは変わらないので、メインの部隊はこのまま戦う他ない。

だから、別働隊を使って状況を打破する。


「突撃殲滅部隊、準備はいいか！」

「「「おう！」」」


伯爵軍の一部が、俺の声に応《こた》えた。

円形陣の中心付近にとどまり、今までは戦闘に参加していなかった者達だ。

その名も、突撃殲滅部隊。

文字通り突撃によって、遠距離攻撃で狩れない敵を殲滅する部隊だ。


「突撃！」

「「了解！」」


俺の指示が飛ぶと、突撃殲滅部隊は円形陣を抜けて、ゲオルギス枢機卿軍へと突撃を始めた。

鉄壁の守りを誇っていた円形陣から出た彼らは、枢機卿軍にとっていい的だ。

今までダメージを与えられなかった恨みを乗せるかのように、彼らに遠距離攻撃が降《ふ》り注《そそ》ぐ。

だが、彼らはそれでも突撃を止めない。

まるで降り注ぐ矢や攻撃魔法が見えていないかのように、速度さえ緩《ゆる》めずに突撃を続ける。

そして、遠距離攻撃が着弾した。

枢機卿軍の精鋭の矢は、突撃殲滅部隊に命中し――弾《はじ》かれた。

彼らは円形陣と違い、結界魔法に守られている訳ではない。

近接職特有の自己防御スキル——要するに自分自身の体で、攻撃を弾き返《かえ》しているのだ。

もちろん、いくら優秀な防御スキルがあるとはいえ、矢が当たれば痛みは感じる。

鋼鉄でできた矢や炎魔法を浴びて痛みすら感じないほど、スキルというものは便利ではない。

ただ精神力によって、彼らは走り続ける。


「ふ……『フレイム・ウォール』！」


敵の魔法使いが、『フレイム・ウォール』——炎の壁を展開する。

これは直接焼くための魔法というより、敵を近付かせないための魔法だ。

まともな神経をした人間であれば、１０００度を超える炎の壁に突撃しようとは思わないだろう。まず間違いなく迂回《うかい》ルートを選ぶはずだ。


だが突撃殲滅部隊は、残念ながらまともな神経をしていなかった。

炎の壁を無視して、突撃殲滅部隊がまっすぐ敵軍へと近付く。

「ひ、ひぃぃ！」

「こいつら……一体何なんだ⁉」


恐怖と困惑の声を上げる枢機卿軍の兵に、突撃殲滅部隊が走り寄る。

そこから始まったのは、まさしく『殲滅』だった。


元々ゲオルギス枢機卿軍は、包囲殲滅を前提とした遠距離職中心の部隊を組んでいた。

そんな連中が近接職主体の突撃殲滅部隊に肉薄されて、まともな対応ができる訳がない。

もはや、枢機卿軍の練度がどうとかいう話ではない。

なにしろ矢を当てたところで、彼らは避けすらしないのだ。

そんな連中を相手に、どう戦えというのか。


「そりゃあ、困惑するよな……」

突撃殲滅部隊の活躍を見て、俺は少しだけ敵に同情した。

彼らの異常な士気には、理由がある。
あの部隊の所属者のほとんどは、枢機卿に対して強い恨みを抱いていた者達なのだ。

もちろん下位職は誰しも、多かれ少なかれゲオルギス枢機卿に恨みを持っているものだが
……彼らの場合は事情が違う。
彼らのほとんどは枢機卿のせいで家族や愛する者を失い、居場所すら失ってメイギス伯爵領に逃げてきた者なのだ。

突撃殲滅部隊への志願者は、予定人数の10倍以上いた。
しかし作戦上、部隊の人数を増やす訳にもいかない。
そこで俺達は試験を行い、優秀だった者達を採用することに決めたのだ。

別に俺達は、枢機卿に恨みを抱いている者を選んだ訳ではない。
そのような感情的な理由を持ち込めるほど、戦争は甘くない。
試験はあくまで、公平に行ったつもりだ。

だが結果を見てみると、残ったのはほとんどゲオルギスを恨む者だった。

差がついた理由は恐らく、技術というより精神力だろう。


彼らが受けた痛みや苦しみは、矢や魔法などとは比べ物にならない。

俺はそれを直接味わった訳ではないが、訓練に臨む彼らの鬼気迫る様子から、そのことは十分に伝わってきた。

だからこそ彼らは、降り注ぐ攻撃を無視して突っ込めるのだ。


「さて……とりあえずの戦局は決したか」


ゲオルギス枢機卿軍は、まだ4割ほど残っている。

数だけでいえば、メイギス伯爵軍の8倍といったところか。

それでも枢機卿軍は、もはや伯爵軍に対抗できる力を残してはいなかった。

メイギス伯爵軍の遠距離攻撃部隊は、もう攻撃をやめている。

あとは突撃殲滅部隊に任せて、矢や魔力を温存しているのだ。

円形陣に降り注ぐ攻撃も、もう多くはない。

ゲオルギス枢機卿軍の遠距離攻撃部隊は半壊してしまったので、もはや攻撃に割く力は残っていないという訳だ。

突撃殲滅部隊は、今も殲滅を続けている。

彼らのほとんどは近距離職――遠距離攻撃ができない代わり、戦闘に矢や魔力を必要としない職業だ。

気力が尽きない限り、いくらでも戦い続けられるといっていい。

このままの状況が続けば……遠くないうちに、ゲオルギス枢機卿軍は文字通り全滅するだろう。

だが……まだゲオルギス枢機卿軍は、戦力を残している。

そろそろ、それが来るタイミングのはずだ。

第九章

「さて……ここからが本番だな」

俺《おれ》は『マジックサーチ』を使って周囲の状況を確認し、そう呟《つぶや》く。

ゲオルギス枢機卿《すうききょう》軍による包囲網は、すでに『包囲』と呼べる状況ではなくなっていた。

元々は円形だったはずの包囲網は、『モルター・アロー』をはじめとする遠距離魔法によって穴だらけになり、突撃殲滅《せんめつ》部隊によって片っ端から殲滅されている。

円形のうち半分はすでに消滅、残った半円もボロボロの有様《ありさま》だ。

今のところ、戦況は俺達が圧倒的優位だ。

ゲオルギス枢機卿は当初の戦力のうち6割……いや7割を失い、攻撃能力はすでにほとんど失っている。

ではなぜ、今からが本番だと考えているのか。

その理由は——サチリスからもたらされた。

「『敵の主戦力』が動きました」

「了解。……『マジックサーチ』」

サチリスの報告を受けて俺は、再度『マジックサーチ』を発動する。

すると敵の本陣——ゲオルギス枢機卿のいた場所から、１００人ほどの小隊がこちらに向かって移動しているのが分かった。

あれこそ敵の切り札、本当の主力部隊だ。

その移動を確認した俺は、拡声魔法を通して告げる。

「殲滅部隊、直ちに退却し、本陣へ帰還しろ！」

戦況が傾いたタイミングで『敵主力』が投入されるのは、こちらの想定通りだ。

できればもう少し敵軍が減ってから来てくれるとありがたかったのだが……まあ、残った敵の数が今くらいであれば、大した脅威にはならないだろう。

あとは突撃殲滅部隊を引っ込めて、『敵主力』と戦う。
それが、あらかじめ決めていた作戦だったのだが……。
突撃殲滅部隊は、いつまで経《た》っても帰還しようとしなかった。

「繰り返す！　突撃殲滅部隊、撤退しろ！　突撃殲滅部隊、ただちに撤退しろ！」

俺は命令が聞こえていない可能性を考えて、先ほどと同じ命令を繰り返す。
しかし、反応はない。

「命令無視ですね……」

「ああ。明らかにわざとだな」

戦場の雰囲気に酔って、理性を失っているという雰囲気ではない。

むしろ彼らは、至って冷静に見えた。
まるで最初から決めていたかのように、命令を無視したのだ。

「やはり、こうなりましたか……」

「想定の範囲内ではあるが……やっぱり聞いてくれなかったか」

部隊を編成した時点で、突撃殲滅部隊が命令違反を犯す可能性は認識していた。
だからといって、何か手を打てる訳ではないのだが。
彼らが途中で過ちに気付き、一人でも多く生き残れることを祈るばかりだ。

「見えてきたか……」

遠くに目を凝らして、俺はそう呟く。
そこにいたのは――ゲオルギス枢機卿本人を含む、100人ほどの部隊だった。

貴族は通常、前線に出たりはしない。

本人が死ねば戦争は終わりなのだから、当然ともいえるだろう。

にもかかわらず、ゲオルギス枢機卿はみずから戦場に出たという訳だ。


そして……枢機卿の周囲を固める兵も、通常の兵ではなかった。

彼らは恐らく、『絶望の箱庭』から派遣された援軍だ。

個々の力においてゲオルギス枢機卿軍に劣るだろうが……メイギス伯爵軍が身につけた対集団戦術程度で勝てるような相手ではない。


このままだと突撃殲滅部隊は、単独であの連中と激突することになる。

恐らく、勝てないだろう。

にもかかわらず部隊が引こうとしないのは——『敵主力』の中心たるゲオルギス枢機卿こそ、彼らが最も恨み、憎しむ相手だからだ。


すでに俺達の勝ちは決まったようなものだ。

だからこそ、この段階で自軍に死者を出してしまうのは残念ではあるな。


「サチリス……部隊長につないでくれ」

「分かりました」

俺はサチリスに、『精霊弓師』のスキルによる通信を頼んだ。

通信の相手は突撃殲滅部隊の隊長だ。

『撤退しろと言ったはずだ。命令を無視する気か？』

『すみませんエルドさん。でも……あいつは俺達の手で倒したいんです。ゲオルギス枢機卿を目の前にしながら、戦いもせず撤退するくらいなら……死んだほうがマシです』

『そうか……』

戦争の勝敗に関《かか》わる状況ならともかく——今の突撃殲滅部隊は、作戦上の役目を終えた後だ。

部隊が壊滅したところで、俺達の勝利は揺るがない。

だから、死にたい者が死ぬのを許してやる程度のことはできる。

だが……部隊の中に死を望まない者がいるのであれば、それを看過する訳にはいかない。

あの部隊は最前線に送られる、最も危険な役割だが……基本的には、生還するものとしてメンバーを集めている。

彼らは役目を果たした。

だからこそ、生きて帰りたい者がいるのであれば、そいつには生きて帰る権利がある。

『……この命令違反は、全員が納得した上での行動か？』

『そうです。昨日の夜……部隊全員で決めました。全員分の遺言も、詰所に置いてあります』

返事はすぐに返ってきた。

どうやら命令違反は、計画的なものだったようだ。

「どう対応しますか？」

サチリスが険しい表情で、そう俺に尋ねる。

命令違反の可能性は事前に予測されていたとはいえ……いざ本当に部隊が撤退しないのを見れば、困惑するのも無理はない。
こういった状況で判断を下すことこそ、司令官――つまり、俺の役目だ。

「予定通りだ。ゲオルギス枢機卿を殺す」

領地に潜入した際にゲオルギス枢機卿を殺すのは、ただの違法な暗殺だ。
だが戦争で前線に出てきたところで殺せば、犯罪になどならない。
今この時こそ、合法的に枢機卿を殺せる絶好のタイミングなのだ。

作戦を決行すれば、場合によっては突撃殲滅部隊が巻き込まれる可能性もある。
だからといって、作戦をやめるつもりはない。
そのくらいのことは承知した上で、彼らは命令を無視しているはずなのだから。

「では、突撃殲滅部隊は――」

「基本的には見捨てる。……今からでもいいから、撤退の意思を見せてくれれば別だがな」

無理矢理にでも部隊を退却させる方法は、一応存在する。
だが……彼らはすでに覚悟を決め、仇敵《きゅうてき》と戦うためにあそこに立っているのだ。
たとえ彼らの命を守るためであっても、それを止めるのはかえって残酷というものだろう。

「……分かりました」

サチリスは唇を噛《か》んで、俺の命令を受け入れた。
突撃殲滅部隊には、サチリスの知り合いもいる。
彼らを見捨てるのは、やはり悔しいのだろう。

「準備を開始してくれ」

「はい」

そう言ってサチリスは、『風のささやき』を使い、部隊全体に命令を飛ばし始めた。
すると……部隊の中にいる強化スキル持ちが、移動を始めた。

ゲオルギス枢機卿にとどめを刺す、この戦争で最後の作戦が始まる。

準備が整うのを待ちながら俺は、突撃殲滅部隊の隊長に尋ねる。

『先ほど『戦いもせず撤退するくらいなら、死んだほうがマシだ』と言っていたな？　……では、戦って無理だと判断すれば撤退するつもりはあるか？』

『命令違反をしておいて、生きて帰れるとは思っていません』

『死なれるほうが迷惑だ。お前たちには勝った後で、伯爵領のために働いてもらう必要がある』

命令違反は、軍隊において最大の罪とされる。

普通であれば、たとえ生還したとしても処刑するくらいが、軍隊としての対応なのだろう。

だが……俺にその気はなかった。

メイギス伯爵軍は元々、戦争のために作られた軍ではない。

ちゃんとした練度なんて、最初から期待してはいないのだ。

『ありがとうございます。……まずは一度、ぶつからせてください』

『無駄死にこそ最大の罪だ。よく考えておいてくれ』

そう言って俺は、通信を切った。

「さて……どうなるかな」

突撃殲滅部隊は、スキルによって防御を強化されている。
そのため、枢機卿たちと戦ってもすぐには壊滅しないだろう。
早く勝てないことに気付いて、逃げてきてもらいたいところだ。

などと考えていると……遠くから、ミーリアが近付いてきた。
どうやら、俺に用事があるようだ。

「ミーリア、どうした？」

「ちょっと前線に出ていい？　突撃殲滅部隊に加勢したいのよ」

『炎槍《えんそう》』の二つ名を持つミーリアは、メイギス伯爵軍で俺に次いで第2位の戦力だ。

レベルだけでいえば俺よりも上というだけあって……3位以下とはかなりの差がある。

そのため一人で戦況をひっくり返せる存在として、今までは温存されていた。

だが、相手が敵主力部隊となると話は別だ。

ミーリアのような『コンボ型英雄』は元々、あまり対人戦に向いたスキル構成ではない。

賢者を中心として組まれた、１００人規模の対人戦前提の部隊と戦うのには、少し無理がある。

「悪いが……ミーリアが行っても、勝てないと思うぞ？」

「だからこそ行くのよ。私でも無理って分かれば、部隊のみんなも諦《あきら》めて引き返すでしょ？」

確かに、ミーリアはメイギス伯爵軍にとって強さの象徴だ。

そのミーリアが勝てないようであれば、突撃殲滅部隊達も状況を理解してくれるだろう。


さらにミーリアは、単純に戦力としても強い。

もし枢機卿が戦い方を誤れば、そのまま勝てる可能性もゼロとはいえない。

勝つことはできなくとも、部隊が壊滅するまでの時間を延ばすことは十分できるはずだ。


ゲオルギスにとどめを刺す準備が終わるには、もう少しだけ時間がかかる。

それまでの時間を稼ぎつつ、突撃殲滅部隊の死者を減らせるなら……やる価値はあるか。


「分かった。突撃殲滅部隊を頼んだ」


ミーリアは今まで、予備の戦力として温存されていた。

作戦が滞りなく進めば、彼女の出番はない。

そして、ミーリアの力が必要になる可能性がある場面はすでに終わった。


「頼まれたわ」

そう言ってミーリアは、突撃殲滅部隊の元へと走っていった。

ちょうどそのタイミングで――枢機卿率いる敵主力部隊が、戦場へと到着した。

「来やがった！」

「お前ら行くぞ！　今こそ、長年の恨みを晴らす時だ！」

「「「うおおおおおぉぉ！」」」

突撃殲滅部隊は敵主力部隊の中にゲオルギス枢機卿の姿を見つけると、一目散に突撃していった。

まともに統率も取れていない、ただバラバラにスキルを使うような動きだ。

彼らは枢機卿と戦うような訓練を受けていないのだから、そうなるのも仕方がない。

とはいえ……彼らの気迫はすさまじかった。

遠くから見ているだけで寒気すら覚えるような怒りをにじませながら、突撃殲滅部隊は枢機卿率いる敵主力部隊へと突撃する。

だが、気合だけで何とかなるほど――枢機卿の魔法は甘くなかった。

「フレイム・サークル」

「スティッキー・ボム」

まっすぐ走り寄る突撃殲滅部隊に、ゲオルギス枢機卿は『フレイム・サークル』を展開し……その中に『スティッキー・ボム』を仕込んだ。

いくら突撃殲滅部隊が高い防御力を誇っているとはいっても、『スティッキー・ボム』によって縛《しば》り付けられた上で炎を浴びては、ひとたまりもない。

それを分かっているから、彼らは今までのように闇雲《やみくも》な突撃をすることはなかった。

代わりに彼らは、奥の手を使う。

「『オーバー・レイジ』『ブラッド・ドランク』『キャスト・ランス』！」

「『オーバー・レイジ』『ブラッド・ドランク』『アックス・スロー』！」

彼らが発動したのは、近接職が持つ数少ない遠距離攻撃――自らの武器を投げるタイプの攻撃スキルだ。

この系統のスキルには、射程以外にも特徴がある。

武器を失うという デメリットと引き換えに、数あるスキルの中でも特に高い威力が得られるのだ。

さらに彼らは『オーバー・レイジ』『ブラッド・ドランク』というスキルを使って、攻撃の威力を強化している。

これら2つはいずれもデメリット付きの威力向上スキルで、次に発動するスキルの威力を格段に上げる。

威力向上と引き換えに失われるのは、彼らの体力や血だ。

まさしく奥の手といっていい、捨て身の一撃。

それは投擲《とうてき》系スキルを持つ者達――つまり突撃殲滅部隊のほぼ全員によって、ゲオルギス枢機卿を狙《ねら》うように放たれた。

恐らく、この時のために練習をしてきたのだろう。

制御の難しい投擲スキルは、1本も逸《そ》れることなく枢機卿へと飛んでいく。

突撃殲滅部隊の彼らが突撃した理由は、この手で勝てると思っていたからかもしれない。

実際、ゲオルギス枢機卿を殺すことだけが目的であれば、捨て身の投擲攻撃を一斉発動するのはなかなかいい手だ。

彼らがこれだけの攻撃力を瞬間的に発揮する方法は、他にないだろう。

そして瞬間的な攻撃力が高ければ高いほど、その攻撃を防ぐのは難しくなる。

そんな彼らの攻撃を目の前に——ゲオルギス枢機卿は、ただ魔法を唱えた。


「マジック・シールド」


詠唱とともに、ゲオルギス枢機卿の目の前に結界が展開される。

たった1枚の基本魔法による防御は——突撃殲滅部隊による攻撃を、全《すべ》て弾《はじ》き返《かえ》した。

「な、に……？」

「嘘《うそ》だ……結界魔法1枚で防がれるなんて……」

ゲオルギス枢機卿が攻撃を跳ね返せたのは、包囲された俺達が攻撃を防げた理由と変わらない。

彼は周囲に展開した部隊員から補助魔法を受けることによって、魔法の威力を強化していたのだ。

「やはり、こうなるか……」

包囲殲滅の時に補助魔法が使われなかった理由は、恐らく彼らが使っているのが単体強化魔法だからだ。

単体強化魔法は基本スキルでかけられる代わりに、軍などで大人数に展開するのには向かない。

そのため、単体の大戦力——例えば賢者であるゲオルギス枢機卿に使うことによって初めて、大きい効果を発揮するのだ。

突撃殲滅部隊は、呆然《ぼうぜん》とした様子で数歩後ずさりする。
そこに追い打ちをかけるように、枢機卿が魔法を唱えた。

「アース・フレイム」

――『アース・フレイム』。
地を這《は》う炎によって、敵を焼き尽くすスキルだ。

「があぁぁっ！」

「薬だ！　薬を使え！」

ゲオルギス枢機卿の炎に焼かれ、突撃殲滅部隊は膝《ひざ》をつく。
防御スキルによる強化と、恨みを原動力とした強靱《きょうじん》な精神力をもってしてなお耐えがたいほどの火力で、枢機卿の魔法は部隊を焼いたのだ。
もし防御スキルを使っていなければ、部隊は全滅したことだろう。

彼らは治癒薬を飲むことによって、被弾によるダメージを回復した。
これでまだ、動くことはできるだろう。
武器も予備を1本ずつ持っているので、戦おうと思えば戦えなくもない。

だが、それも時間の問題だ。
彼らが万全の状態から放った一斉攻撃すら、基本魔法の結界1枚で防がれたのだ。
負傷し、補助魔法の反動によって体力も削《そ》がれた彼らが、今から逆転できる訳もない。

そんな状況の中に、援軍が到着した。
ミーリアだ。

「待たせたわ！　まだ戦える⁉」

「おう！」

「悪いな。俺達のわがままに付き合わせちまって！」

強力な援軍の到着に、突撃殲滅部隊が歓声を上げた。

ミーリアは強い。

戦闘開始当初より、ゲオルギス枢機卿に勝てる望みはあるといえるだろう。

「時間をかけるほど、こっちの不利になるわ！　短期決戦でいくわよ！　……最大火力距離は、把握してるわね！」

「もちろんだ！　……だが、そこまで近付くとなると……」

投擲系の中距離攻撃スキルは、基本的に距離が離れるほど威力が落ちる。

しかし一定の距離——突撃殲滅部隊のスキルなら、おおよそ7メートルほどまでは最大の威力を保《たも》つことができる。

その、攻撃が最大の威力を保てる距離を、最大火力距離というのだ。

先程の中距離攻撃は、その範囲外から撃たれていたため、威力が落ちていた。

恐らくゲオルギス枢機卿も、最大火力距離のことを把握した上で『フレイム・サークル』を発動する場所を決めたのだろう。

「道は切り開くわ！　……『オーバー・ガード』！」

そう言ってミーリアが防御スキルを発動し、まっすぐゲオルギス枢機卿との距離を詰める。
ミーリアの踏み込みは、突撃殲滅部隊とは比べ物にならないほど速く、鋭い。
だがゲオルギス枢機卿は動揺することなく、魔法を発動した。

「『フレイム・サークル』」

『フレイム・サークル』が展開された位置は、先ほどと同じだ。
この炎を避けようとすると、投擲スキルでも最大の威力を発揮できない。
しかし無視して炎に突っ込めば、『スティッキー・ボム』で縛り付けられて焼かれ続けることになる。

そんな状況の中――ミーリアは速度を緩《ゆる》めず、炎に突っ込んだ。

熱さにミーリアは顔をしかめるが、最強の防御スキル『オーバー・ガード』を展開しているだけあって、動けなくなるほどのダメージは負っていないようだ。
だが長時間焼かれ続ければ、流石《さすが》のミーリアでも耐え切れはしないだろう。

「『スティッキー・ボム』」

「『ワイド・スラッシュ』！」

ゲオルギス枢機卿は炎の中にミーリアを縛り付けるべく、『スティッキー・ボム』を発動した。
それと同時に発動された『ワイド・スラッシュ』は――『フレイム・サークル』の炎を吹き飛ばした。

「……なに？」

「『炎槍』相手に炎魔法なんて……舐《な》められたものね」

ゲオルギス枢機卿は初めて、驚きの表情を見せた。

どうやら魔法をスキルで散らされるなどとは思ってもいなかったらしい。

この『スキルが魔法を破壊する』現象は、『オーバー・ガード』などの強力な防御スキルの特徴だ。

強力な防御スキルと、高い力量。

この2つを兼ね備えたミーリアは、スキルによって魔法を『吹き飛ばす』ことを可能にしたのだ。


「今よ！」


枢機卿の『スティッキー・ボム』はミーリアを地面に縛り付けたが、ミーリアは目的を果たした。

突撃殲滅部隊を遠ざける『フレイム・サークル』はすでに消滅したのだから。


「『オーバー・レイジ』『ブラッド・ドランク』『キャスト・ランス』！」

「『オーバー・レイジ』『ブラッド・ドランク』『アックス・スロー』！」

彼らは一度弾かれた投擲スキルを、今度こそ最大の威力で発動した。

もう予備の武器はないが……そんなことは関係がない。

この一撃を弾かれるようであれば、もはや勝ち目など存在しないのだから。


「『オーバー・レイジ』『ブラッド・ドランク』『ショック・ウェーブ』！」

ミーリアも突撃殲滅部隊とともに、中距離攻撃スキルを放つ。


『ショック・ウェーブ』。

槍《やり》の先から衝撃波を放ち、遠くにいる敵に当てるスキルだ。

スキルとしての威力は投擲系に劣るが、ミーリアが放つそれはスキル性能の差を覆し、突撃殲滅部隊をはるかに超える威力を誇る。


部隊の総力を結集した、後先考えない総攻撃。

それを目の前に、ゲオルギス枢機卿は魔法を唱えた。

「マジック・シールド」

最初の一撃を弾いたのと同じ魔法だ。
枢機卿の目の前に展開された結界に、中距離攻撃スキルが次々と突き刺さる。
そして――結界は、耐え切った。

「……嘘、だろ……？」

「こんなことって……あり得るのか？」

総攻撃は失敗した。
結界1枚で防がれるという、正真正銘の大失敗だ。

だが――彼らが絶望したのはそれに対してではない。
ゲオルギス枢機卿が展開した『マジック・シールド』の後ろ。
そこには5枚もの結界魔法が、破られた時の予備とばかりに展開されていたのだ。

だが、後ろにある結界を『予備』と呼ぶのはふさわしくないだろう。

あの結界こそ、枢機卿の守りの『本命』だ。


強力な防御魔法の発する威圧感は、遠くからでも感じ取れる。

人間に元々備えられた魔力感知能力が、結界に秘められた魔力を本能的に感じ取るからだ。

ミーリアの、そして突撃殲滅部隊の魔力感知能力は……枢機卿を守るために展開された結界魔法が、枢機卿の展開したものすら超える強度を持っていることを嫌でも理解させた。


先程まで、ミーリアや突撃殲滅部隊を相手にスキルを発動させたのは、ゲオルギス枢機卿だけだった。

だがゲオルギス枢機卿は、伊達《だて》に100人もの部隊を引き連れている訳ではなかった。


枢機卿が率いる100人こそ、主力にして大将たるゲオルギス枢機卿を守るために用意された、最強の護衛部隊だったのだ。

彼らが今まで魔法を使わなかったのは、単にその必要がなかったからに過ぎないのだろう。


「一応、本当に殺す気で撃ったんだけどね……」

展開された結界魔法を見て、ミーリアがそう呟く。

反動付きの補助スキルまで使って強化したスキルが、結界の1枚すら破ることができなかったというのは、やはりショックだったのだろう。

この結果は、別に驚くべきことではない。

ミーリアが自分のスキルだけで攻撃を放ったのに対し、枢機卿や敵の護衛部隊は何人もの補助スキルを受けながら、結界魔法を展開したのだから。

（あの部隊だけ、明らかにレベルが違うな）

俺は敵の様子を観察しながら、心の中でそう呟く。

ゲオルギス枢機卿軍は練度が高かったが、補助魔法をあれだけ的確に展開するような力はなかったはずだ。

そもそも基本スキルの単体補助魔法は習得レベルが高く、普通の冒険者や兵士が使えるような魔法ではない。

彼らが『絶望の箱庭』から派遣されたのは、まず間違いなさそうだな。

だからこそ、これだけの力量差があるのだ。


「撤退だ！　このままでは無駄死ににになるぞ！　……ミーリアさんが稼いでくれた時間を無駄にするな！」


突撃殲滅部隊長の悔しそうな声が、戦場に響いた。

どうやら、勝てないことを悟ったようだ。

武器を全《すべ》て失った状態であの結界を目にして勝てると思うほど、突撃殲滅部隊は馬鹿《ばか》ではない。

隊長の命令のもと、彼らは後退を始めた。

それを見て俺は、命令を下す。


「撤退を支援しろ！　一斉攻撃だ！」

俺がそう命令すると、円形陣の遠距離攻撃部隊が魔法の一斉攻撃を開始した。

放たれた矢や攻撃魔法は、ゲオルギス枢機卿の元へと降《ふ》り注《そそ》ぐ。
その攻撃はゲオルギス枢機卿に届かないが——防御に力を割かせることで、突撃殲滅部隊への追撃を断念させる程度の効果はあったようだ。

「攻撃部隊の魔力、もうもちません！」

「構わん。魔力切れまで撃ち尽くせ」

全力の総攻撃は、多大な魔力を消費する。
中途半端《ちゅうとはんぱ》な攻撃では、ゲオルギス枢機卿相手には撤退支援すらできないからだ。
ただでさえ遠距離攻撃部隊の魔力や矢は、もうほとんど残っていない。
撤退支援を続けさせれば、もはや部隊に攻撃能力はなくなるだろう。
それは敵の主力を前にして、メイギス伯爵軍が戦闘能力を失うことに等しい。
ではなぜ、命令違反をした部隊を助けるために魔力を割いたのか。
それは——もうこの戦争に、彼らの魔力は必要ないからだ。

「支援魔法、完了しました」

「ご苦労」

俺はサチリスの言葉にそう応《こた》えて、周囲を見回す。
強化スキル持ちは、俺の周囲に集まっていた。

ゲオルギス枢機卿軍は、最大の戦力たる賢者――ゲオルギス枢機卿を今まで温存していた。
だが、温存されていた戦力があるのは、こちらも同じだ。
賢者なら、メイギス伯爵軍にもいる。

「サチリス、舞台の指揮は頼んだ」

「はい。……ご武運を」

俺は今まで指揮官としての役目に徹し、一度すら魔法を使わなかった。

それは今、この場面に備えてのことだ。

「さあ……大将同士、決着をつけようじゃないか」

第十章

俺《おれ》はあえて拡声魔法を使い、敵軍にそう告げた。
そして――円形陣の中央から、飛行魔法を発動する。

「マジック・ウィング」

近くに俺が降り立ったのを見て、敵主力部隊は一斉にこちらを向いた。
逃げていく突撃殲滅《せんめつ》部隊など、もはや眼中にないとばかりだ。

「来たぞ！　奴《やつ》を殺せば我々の勝利だ！」

ゲオルギス枢機卿《すうききょう》が、勇ましくそう呼びかけた。
俺こそメイギス伯爵軍の大将――つまり俺を殺せば、彼らの勝利は決まる。

そんな俺が、単独で目の前に立ったのだ。
彼らにとって、これほどの好機はない。

「計画通りに対処せよ！」

ゲオルギス枢機卿は部隊に、そう命令を下した。
どうやら彼は、俺が単独で出てくることを予想していたようだ。
『計画通りに行え』ということは……俺が出てきた時の対処は、あらかじめ決まっていたのだろう。

そのことを証明するかのように、今までとは比べ物にならないほどの数の防御魔法が、ゲオルギス枢機卿の目の前に展開される。
どうやら突撃殲滅部隊の攻撃を受けた時でさえ、まだ枢機卿の主力部隊の全力ではなかったらしい。

「クク……貴様が奥の手であることなど、とっくに想定済みよ。『スモール・エクスプロージョン』！」

ゲオルギス枢機卿の魔法に呼応するように、敵主力部隊から数十発もの攻撃魔法が放たれた。

その照準は当然、俺のほうを向いている。

多数の遠距離職による一斉攻撃。

こう書くと、ゲオルギス枢機卿の戦術は俺達と同じに見えるが——そのレベルは、メイギス伯爵軍などとは訳が違った。

ゲオルギス枢機卿の結界魔法は、突撃殲滅部隊の総攻撃をあっさり跳ね返した。

それだけの魔法を使えるような部隊が放つ攻撃スキルが、生半可な威力であろうはずもない。

もし……この部隊が序盤で投入されていたら、メイギス伯爵軍は防ぎきれず、多大な被害が出ていたことだろう。

そんな魔法を前に、俺は魔法を唱えた。

「マジック・シールド」

先程ゲオルギス枢機卿が、突撃殲滅部隊の攻撃を防ぐために使ったのと同じ魔法だ。
つまり、基本スキルの防御系魔法でしかない。

「馬鹿《ばか》め！　そんな魔法で我らの魔法が防げるものか！」

発動された魔法を見て、ゲオルギス枢機卿が嘲笑《ちょうしょう》する。
しかし——実際に展開された魔法を見て、枢機卿は目を見開いた。
そこにある結界は、とても基本スキルとは思えないような魔力を秘めていたからだ。

「なに……？」

そして、攻撃魔法が降《ふ》り注《そそ》いだ。
俺が展開した結界魔法は、高レベルでしか習得できない強力な攻撃魔法を次々と受け、甲高《かんだか》い衝突音を立てる。

だが——結界は砕けなかった。
ゲオルギス枢機卿が投擲《とうてき》スキルを弾《はじ》き返《かえ》した時と同じように、結界は遠距離攻撃に耐え切ったのだ。

「なんだ、防げるじゃないか」

ゲオルギス枢機卿が受けたような単体強化スキルは、高レベルでなければ習得できない。

だがそれは、一般的に知られている『基本スキル』に限った話だ。

『上位スキル』としての単体強化スキルであれば、比較的低いレベルでも習得できる。

発動に時間がかかるスキルも多いが、効果は高レベルで習得するものに劣らない。

俺は円形陣の中心部でそれらのスキルを受けた上で、ここに来ているのだから。

「補助スキルか……？　貴様の領地にも、そんなものを使える者がいたとはな」

どうやらゲオルギス枢機卿は、仕掛けに気付いたようだ。

だが、もう遅い。

ここからは、反撃の時間だ。

「『スチーム・エクスプロージョン』」

「対儀式魔法、全力防衛！」

俺が『スチーム・エクスプロージョン』を唱えたのを見て、ゲオルギス枢機卿は即座に指示を出した。

どうやら連中は、ちゃんとこの魔法を警戒していたようだな。

魔法を儀式魔法だと勘違いしていたようだが。

「『ワンタイム・シールド・エンハンスメント』『マジック・シールド』！」

枢機卿の命令に呼応して展開された防御は、まさに敵主力部隊の総力といえるようなものだった。

使用されたスキルが、そのことを物語っている。

——『ワンタイム・シールド・エンハンスメント』

高レベルの魔法使いが習得できる、極《きわ》めて強力な防御強化スキルだ。

このスキルは、直後に発動した防御魔法の効果を飛躍的に向上させる。

一度使うと1時間は使えなくなる上に、効果時間は極めて短いスキル。

まさに『この一撃さえ防げればいい』といった状況で使うような、緊急用のスキルといえるだろう。


そんなスキルを、彼らは一斉発動した。

今までとは比較にならないほどの力を秘めた結界が展開され——一瞬遅れて『スチーム・エクスプロージョン』が発動した。


「……思ったより頑丈だったな」


結果を見て、俺はそう呟《つぶや》いた。

展開された結界は、すべて割れている。

だが——威力の軽減には役立ったようだ。

ゲオルギス枢機卿の部隊は、半壊状態になっていた。

100人ほどいた中の、3分の1ほどは絶命したと見ていいだろう。

だが……肝心のゲオルギス枢機卿は生きていた。

「あの防御が破られるとは……予想以上の威力だ。だが……耐え切った！」

半壊した部隊の中で、ゲオルギス枢機卿が勝利を確信したように叫ぶ。

さっきの『スチーム・エクスプロージョン』を受けて生き残ったことが、よほど嬉《うれ》しかったようだ。

「もはや敵に奥の手はない！　押し返せ！」

「了解！」

敵部隊は治癒薬によってダメージから立ち直り、反撃を始めた。

俺は防御魔法を展開して、それらの魔法から身を守る。

「見ろ！　防戦一方ではないか！」

「やはり……儀式魔法というだけあって、短期間に何度も使えるようなものではないようですね」

「ああ。奥の手を使わせた以上、もはや我らの勝ちは揺るがん！」

防御魔法に身を隠す俺を見て、ゲオルギス枢機卿の主力部隊がそう言葉を交わす。

しかし……どうやら彼らは、何か勘違いをしているようだな。

俺が防御に徹しているのはクールタイム待ち……要するに『スチーム・エクスプロージョン』が再使用可能になるまで、時間を潰《つぶ》しているに過ぎない。

確かに『スチーム・エクスプロージョン』が連発できない魔法だという彼らの予想は、間違っていない。

だが――『次の発動に必要な時間』の予想は大幅にずれている。

もし知っていたら、彼らはもっと焦《あせ》っているはずだからな。

彼らは今日、もう二度と『スチーム・エクスプロージョン』は発動しないと思っているようだ。
だが、それは間違っている。

60秒……つまり1分。
それが『スチーム・エクスプロージョン』を連続発動するために必要なクールタイムだ。
結界魔法に隠れているだけで、その時間は稼ぎ終わった。

「終わった」

「何だ、もう打つ手がなくなったのか？　……であれば、防御魔法を解除するがいい。せめてもの情けとして、一瞬で死なせてやろう」

俺の言葉を聞いて、ゲオルギス枢機卿がニヤニヤと笑いながら尋ねる。
どうやら俺が1分間も攻撃しなかったのを見て、打つ手が尽きたと勘違いしたらしい。
俺はその誤りを訂正する代わりに――　2つの魔法を唱えた。

「『遅延詠唱』『スチーム・エクスプロージョン』」

「まさか……」

ゲオルギス枢機卿の表情が、一瞬青くなる。

だが——魔法が発動しないのを見ると、枢機卿は元の余裕を取り戻した。

「やはりハッタリか。……少し驚かされたが、驚かせるだけでは何の意味もないぞ？　ハッタリというのは次の手につなげてこそ、意味を発揮するのだ」

そんなことは、当然分かっている。

だが、俺がやったのは当然ハッタリなどではない。

『スチーム・エクスプロージョン』が発動しないのは『遅延詠唱』——魔法の発動に時間がかかるようになるスキルを発動したからだ。

もちろん、俺が何の意味もなくこんなデメリットを背負う訳がない。

『遅延詠唱』は魔法発動が遅くなるのと引き換えに、その威力を向上させる。

ゲオルギス枢機卿は、すでに死刑宣告を受けている。

ただ、本人はそのことに気付いていないだけだ。


「そろそろだな」


俺はそう呟いて地面に伏せ、耳をふさいだ。

ゲオルギス枢機卿軍の攻撃を防ぐために展開した結界だけでは、その威力に耐えられないからだ。


「そろそろ？　何の話――」


ゲオルギス枢機卿の声は、途中で遮《さえぎ》られた。

本人が気付いていようといなかろうと、死刑は執行される。

ついに、その時が来たという訳だ。

轟音《ごうおん》とともに、ゲオルギス枢機卿軍の主力部隊がある場所――いや、あった場所に、爆炎が立ち上る。

枢機卿軍の攻撃を跳ね返し続けた俺の結界は、その余波だけで砕け散った。

勝敗は、誰《だれ》の目にも明らかだった。

爆風が去った後、枢機卿軍は壊滅――いや消滅していた。

ゲオルギス枢機卿がいた場所の近くには、ひしゃげた金属塊が転がっている。

それはよく見ると、彼が着ていた鎧《よろい》と同じ素材でできていた。

「……あまり威力を強化しすぎるのも、考えものだな……」

俺はそう呟きながら、痛む頭を振って立ち上がる。

射程ギリギリで発動し、地面に伏せながら耳をふさいでなお、『スチーム・エクスプロージョン』の余波は小さくなかったのだ。

もう『ワンタイム・シールド・エンハンスメント』はないのだから、『遅延詠唱』はいらなかったかもしれない。

そんなことを考えながら俺は、周囲を見回す。

戦場は静かだった。

勝利を喜ぶ声も、敗北を嘆く声も聞こえない。

たった1発の魔法がもたらした破壊に、誰もがあっけにとられていた。

静寂に包まれる中――サチリスが陣地を抜け出し、俺の元へと走り寄る。

そして俺が何も言わないうちから、拡声魔法を発動した。

俺はサチリスに頷《うなず》いて、拡声魔法に向かって告げる。

「戦争は俺達の……メイギス伯爵軍の勝ちだ。ゲオルギス枢機卿軍は直ちに武器を捨てて投降しろ」

だが、誰も武器を捨てなかった。

自分達が敗北したことを、まだ理解できていないようだ。

無理もないか。

2万もの軍勢が壊滅し、大将率いる主力部隊が1発の魔法で消滅したのだ。

状況をすぐに理解できないのは、仕方がないといえば仕方がない。

理解できていないのであれば、理解させるまでだが。

「『スチーム・エクスプロージョン』」

俺がそう唱えると、何もない場所に爆炎が噴き上がった。

威嚇《いかく》射撃だ。

「もう一度言う。武器を捨てろ。さもなくば無理矢理にでも武装解除してもらうことになるが……見ての通り、手加減は利きそうにない」

ゲオルギス枢機卿軍は、次々に武器を捨てた。

儀式魔法だと思っていた『スチーム・エクスプロージョン』が、ただの威嚇のために放てるような魔法だったことを知って、抵抗を続けようと思う者などいなかったのだ。

「す、捨てたぞ！」

「武器は持っていない！　本当だ、信じてくれ！」

彼らは魔法の的にされるまいと、先を争って武器を投げ捨て、両手を上げて武器を持っていないことをアピールする。

ごく数人だけ、武器を捨てようとしない者がいたが……。

「おい、そいつ……武器を捨ててないぞ！」

「ぶ……ぶん殴ってでも武器を捨てさせろ！」

「お前一人のために、巻き添えくってたまるかってんだよ！」

武器を捨てなかった者は周囲の味方によって武器を奪われ、地面に組み伏せられていた。

ひとたび『スチーム・エクスプロージョン』が発動されれば周囲の者も死は免れられない。

そのことを、彼らは嫌というほど思い知っていた。

そして誰だって、近くにいた奴の巻き添えで死にたくはないのだ。

こうしてメイギス伯爵軍とゲオルギス枢機卿軍の戦争は、終結を迎えた。

第十一章

The Invincible Sage in the second world.

11

ゲオルギス枢機卿《すうききょう》軍との戦いから1ヶ月後。

俺《おれ》はメイギス商会で、メイギス伯爵とマイアー侯爵の二人と会っていた。

いや、今はもうメイギス「伯爵」ではなくメイギス「侯爵」だな。

「ようやく事後処理が終わりました。もう当分、こんな大変な思いはしたくない……」

「他の貴族達は、メイギスのことを羨《うらや》ましがっていたがね」

「確かに、成果は申し分ないのですが……あんなに報酬をもらってしまって、大丈夫なのでしょうか？」

あの戦争の後、ゲオルギス枢機卿の悪事は隅から隅まで暴《あば》かれた。

その時に備えてマイアー侯爵が進めていた準備が、効果を収めた訳だ。

結果、ゲオルギス枢機卿家は異例の早さでのお取り潰《つぶ》しとなった。

ゲオルギス枢機卿は、広大な領地を持つ貴族だ。

貴族家がお取り潰しになった場合、通常ならばそこは国の領地となるのだが……今回は枢機卿の罪を暴いた上で打ち倒したメイギス伯爵の功績が大きい。

ということで、枢機卿の領地が丸々メイギス伯爵に与えられることになったのだ。

それに伴ってメイギス伯爵の爵位は、侯爵に格上げとなっていた。

これらは全《すべ》て、王家による決定だ。

国王は『優れた功績には、報いなければならない』などと言って、メイギス伯爵に対する報酬を決めたらしいのだが……それにしても、一度の功績に与えられる報酬としては行きすぎな気がする。

だが、これには理由があるらしい。

「受け取っておいたほうがいいぞ。『功績に報いる』というのは口実のようなもので、実際のところはこれからメイギスの取り込み工作に近いからな」

不安げな表情のメイギス侯爵に、マイアー侯爵がそう告げる。

それを聞いてメイギス公爵は、苦笑いを浮かべる。

「取り込み工作ですか……」

「まあ、純粋にお礼という意味もあるだろうがな。……国王陛下はゲオルギス枢機卿と微妙な関係だった。治癒薬を独占するのが彼からメイギスに替わってくれて、国王陛下も内心お喜びだろう」

「お礼とはいっても、あんなに大きい領地をもらっても扱いきれるかどうか不安なのですが……」

メイギス伯爵は、巨大すぎる領地をもらって大変なようだ。

マイアー侯爵がサポートにつくので、なんとかなるはずだが……面倒くさそうなのには変わりないな。

ちなみに俺も報酬を受け取ったが、その報酬は現金だった。

だからメイギス伯爵のと違って面倒事は背負い込まずに済んでいる。

……まあ金額が膨大《ぼうだい》なので、別の意味で面倒なことになる可能性はあるが。

とはいえ、これらの報酬はおまけに過ぎない。

俺にとって最大の収穫は、もう片方の成果――今まで『下位職』と呼ばれていた人々の扱いが変わったことだ。

「まさか……こんなにうまくいくとは思いませんでしたよ」

領地の話が一段落したところで、メイギス伯爵がしみじみと呟《つぶや》いた。

いくらゲオルギス枢機卿を倒したとはいっても、『下位職』への冷遇を変えるのはそう簡単ではない。

人々の意識だけでなく、法律やギルドの制度といったものにも『下位職』への冷遇は浸透しているのだから。

この制度を変えていくには、どうしても時間がかかる。

なにしろ制度を変えるためには、国王だけでなく貴族達の賛同が必要となるからだ。

そう考えていたのだが……実際のところ、まったく時間はかからなかった。

というのも、すでに制度は変わっているのだ。


「まさかゲオルギスが推進していた下位職迫害の体制が、彼のおかげで終わるとは……皮肉なこともあったものだ」

「マイアー侯爵、『下位職』ではなく『特殊職』です。お間違えのなきようお願いします」

「おっと、失礼した。彼らを差別する意図はなかったのだが……慣れというのは恐ろしいものだな」


『下位職』という呼び名は法律で禁止され、今は『特殊職』と呼ばれることになった。

この国にあった『下位職を冷遇する制度』は、今や一つも残っていない。

通常であれば、制度というのはこんなに簡単に変わらないものだ。

にもかかわらず、この国の制度は1ヶ月と経《た》たない間にひっくり返った。

「間違えるのも仕方ありませんよ。今まで何十年と使ってきた呼び名が、たったの1ヶ月で変わったんですから。……マイアー侯爵の作戦のおかげです」

「あの作戦は誰《だれ》でも思いつくことだが……治癒薬の量産を可能にし、さらに直接戦争によって20倍の勢力を持つゲオルギス枢機卿軍を打ち倒すなど、君たちにしかできん」

「そのどちらとも、エルドの功績ですけどね」

「いやいや、君の力あってのことだよ。……と言いたいところだが、正直なところ我々がいなくても、エルドがいれば何とかなった気はしないでもないな」

「同感です」

いや、流石《さすが》に言いすぎだろう……。

確かに枢機卿を直接倒したのは俺だが、俺が安心してゲオルギスと戦えたのはメイギス伯爵達が政治関連のゴタゴタをまとめて引き受けてくれたからだ。

あれがなければ、枢機卿を倒すことはできたかもしれないが、下位職への迫害はまだ続いていたはずだ。

「いや、1ヶ月で迫害を終わらせるなんて、俺だけでは絶対に無理だったはずだ。他の貴族と組んでも、できなかっただろうさ」

「その褒め言葉は素直に受け取っておこう。……もっとも、作戦の効き目に関してはゲオルギス枢機卿のおかげという面もあるがね」

「まったくです。まさかあの脅しが、あそこまで効くとは思いませんでした。脅しているこっちが気まずくなるくらいでしたよ」

マイアー侯爵は下位職——いや特殊職を冷遇している制度を変えるために、一つの脅しを使った。

それは『特殊職冷遇の撤廃に協力しない者、およびその領地には、治癒薬を供給しない』というものだ。

この脅しはよく効いた。脅している本人ですら驚くほどに。

特に……ゲオルギス枢機卿の元で積極的に特殊職冷遇に加担していた貴族たちに対しては、とても効果があった。

彼らの中には、子息が病気にかかっている者が多かったからだ。

それはもう、不自然なまでに多かった。

ゲオルギス枢機卿は、自分の傘下の者以外にはあまり治癒薬を売らなかった。

だから彼らはゲオルギス枢機卿に逆らえず、特殊職の冷遇に協力していたという訳だ。

「まず間違いなく、人為的な病気でしょうね」

「だろうな。子息に毒でも盛ったうえで、治癒薬を盾に従わせる……外道のやり口だ」

「はい。……だからこそ、我々の作戦がうまくいったとも言えますが」

病気の子息を抱えた貴族たちは、本当によく働いた。

毎日のように『自分がいかに、下位職冷遇の撤廃に尽力したか』をアピールする貴族たちに、メイギス侯爵たちは少し辟易《へきえき》気味だったようだが……彼らは本当にアピールできるだけの働きをしてくれた。


過労で倒れながらも、治癒薬の力で立ち上がり仕事を続けた者までいた始末だ（そのために必要な治癒薬は、メイギス侯爵から供給された）。

幸いなことに死者はでなかったが、同じことをもう1ヶ月続ければ過労死する者もいただろう。


そのおかげもあって、あっという間に制度が変わったという訳だ。

制度と違い、人々に根付いた意識が変わるにはもう少し時間がかかる。

だが、それも段々と変わっていくはずだ。

なにしろ、特殊職は強いのだから。

「ともかく、これで『下位職の冷遇を終わらせる』という目的は果たせたな」

「ああ。……長い戦いだった」

メイギス侯爵とマイアー侯爵が、そう呟いて一息ついた。

そんな中――廊下からバタバタという足音が聞こえ、扉が慌ただしくノックされた。

「どうした？　何かあったか？」

緊急事態の気配を感じ、マイアー侯爵が訝《いぶか》しげな声で尋ねる。

答えは、すぐに返ってきた。

「国王陛下が、崩御なされました」

――国王が死んだ。

マイアー侯爵の話だと、国王はまだ若く健康に問題もなかったはずだ。

そんな国王が、今このタイミングで死んだとなると……まず自然な死ではないだろう。

どうやらこの国には、まだ『何か』あるようだな。

あとがき

はじめましての人ははじめまして。４巻や他シリーズからの方はこんにちは。進行諸島《しんこうしょとう》です。

早速《さっそく》シリーズ紹介です。

本作品は、『異世界』に『転生』した主人公が、ＶＲＭＭＯで得た知識と経験で暴れ回るシリーズとなっております。

圧倒的な主人公無双ものです！

ということで本シリーズもついに５巻です。

昨今は５巻まで出せるシリーズは珍しくなりつつあります。

ここまで来ることができたのは読者の皆様のおかげです。ありがとうございます。

この５巻は、本シリーズの中でも特に主人公無双度が極めて高い、自信作です。

恐らく、私が書いた作品でも特に爽快感の強い、指折りの無双巻となっております（特に某シーン）！

具体的な無双の内容はネタバレになってしまうのでここには書けませんが……ぜひ本編をお読みいただければと思います！　面白いことは私が保証します！

大変なご時世ですが、私の作品が少しでも気晴らしになれば嬉しい限りです。


ということで、謝辞《しゃじ》に入りたいと思います。

テレワーク化で作業環境が不安定になる中、書き下ろしや修正などについて、的確なアドバイスをくださった担当編集の皆様。

素晴らしい挿絵を描いてくださった、柴乃櫂人《しばのかいと》様。

それ以外の立場から、この本に関わってくださっている全ての方々。

そして、この本を手に取ってくださっている、読者の皆様。

この本を出すことができるのは、皆様のおかげです。ありがとうございます。

次巻も、さらに面白いものをお送りすべく鋭意製作中ですので、どうかご無事にお待ちください。


最後に宣伝を。

今月は私の他作品である『失格紋《しっかくもん》の最強賢者』の12巻が発売します。

かなり巻数の進んでいるシリーズなのですが、本作と同じく爽快感あふれる主人公ものとなっています。

興味を持っていただけたら、ぜひよろしくお願いいたします。

それでは、次巻でも無事に皆様とお会いできることを祈りつつ、後書きとさせていただきます。

進行諸島

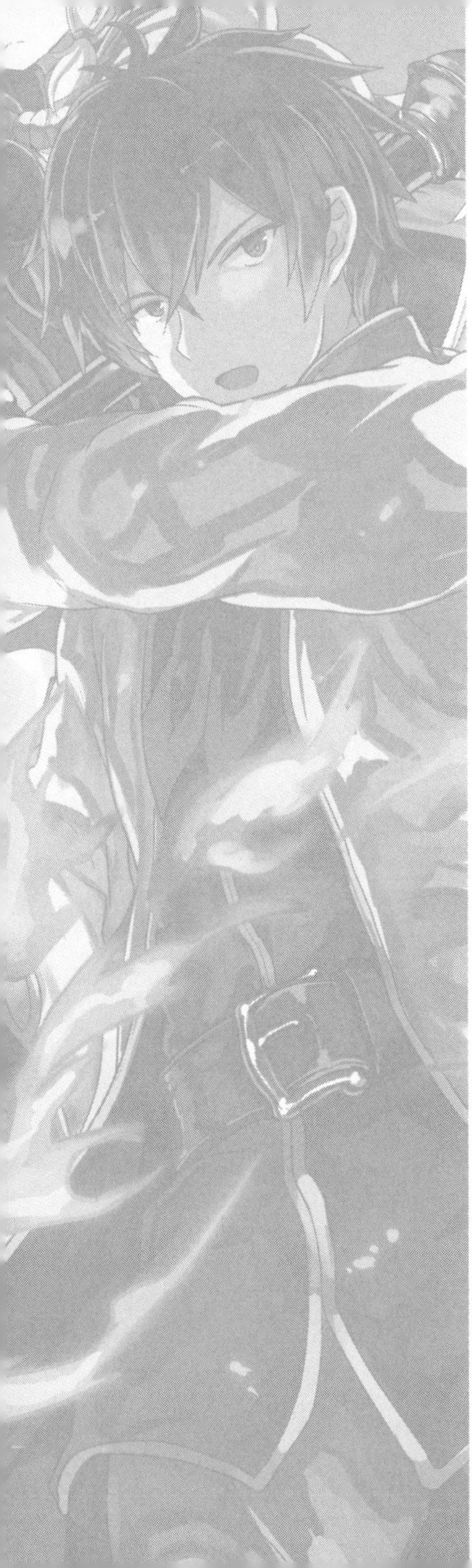

GAノベル

異世界賢者の転生無双5
～ゲームの知識で異世界最強～

2020年5月31日　初版第一刷発行
2020年6月10日　第二刷発行

著者　進行諸島

発行人　小川 淳

発行所　SBクリエイティブ株式会社
〒106-0032　東京都港区六本木2-4-5
03-5549-1201　03-5549-1167（編集）

装丁　AFTERGLOW

印刷・製本　中央精版印刷株式会社

ISBN978-4-8156-0554-4
Printed in Japan

ファンレター、作品のご感想をお待ちしております。

〒106-0032　東京都港区六本木 2-4-5
SBクリエイティブ株式会社
GA文庫編集部 気付

「進行諸島先生」係
「柴乃櫂人先生」係

本書に関するご意見・ご感想は
下のQRコードよりお寄せください。
※アクセスの際に発生する通信費等はご負担ください。

https://ga.sbcr.jp/